満天の星

柳橋ものがたり 9

森 真沙子

時代小説

二見時代小説文庫

目次

満天の星——柳橋ものがたり9

満天の星――柳橋ものがたり9　主な登場人物

綾《あや》……故あって船宿「篠屋《しの》」に住み込みの女中として働くことになった女。

お簾《れん》……船宿「篠屋」を切り盛りする、気風《きっぷ》の良い柳橋芸者上がりの女将《おかみ》。

富五郎《とみごろう》……「篠屋」の主。宿の経営は女房任せで無頓着ながら幅広い人脈を持つ情報通。

柏崎一馬《かしわざきかずま》…幼いころ両親と死別し、上野で茶店を営む遠縁のお紋《もん》に引き取られた若者。

お紋……お客に愛想を振りまく茶店の主。引き取った一馬を弟のようにかわいがる。

山田吉亮《やまだよしふさ》……若くして斬首の御用を務める山田家の三男。

千吉《せんきち》……「篠屋」の手代と、御一新までは北町の下っ引《ぴき》を兼業していた、お孝《たか》の倅。

雲井龍雄《くもいたつお》（遠山翠《とおやまみどり》）…本名は小島龍三郎《こじまたつさぶろう》。米沢藩士に絶大なる人気を誇る詩人にして志士。

千葉佐那《ちばさな》……千葉道場の鬼小町と呼ばれた「桶町道場《おけまち》」の看板娘。

千葉定吉《さだきち》……千葉周作《しゅうさく》の弟ゆえに小千葉と呼ばれる。佐那に武芸を仕込んだ父親。

ウイリアム・ウイリス…英国公使館付き医官。明治政府が開いた「大病院の院長」に迎えられたが……。

閻魔堂大膳《えんまどうだいぜん》…両国界隈では名の知れた易者。上野戦争で深手を負った元薩摩藩士。

月岡芳年《つきおかよしとし》……〝血みどろ〟絵師として人気を集めた浮世絵師。

お琴《こと》……清元に長けた柳橋の元芸妓。旦那が亡くなった後、芳年と男女の仲になる。

手塚良仙《てづかりょうせん》…小石川三百坂の蘭方の名医。緒方洪庵《おがたこうあん》の適塾《てきじゅく》で西洋医学を学んだ。

第一話　間違えられた男

一

旧暦五月半ばの雨上がりの宵《よい》――。

雨に洗われた緑濃い神田川《かんだがわ》河畔《かはん》に、夕涼みの人影がちらりほらり。そんな水ぎわの灌木《かんぼく》の下に、柏崎一馬《かしわざきかずま》はもう長いこと蹲《うずくま》っていた。

少し先の船宿『篠屋《しのや》』二階の窓には火影《ほかげ》があかあかと灯り、時に人影が揺らいで、今にも三味線《しゃみせん》のつま弾きの音が漏れてきそうだ。

対岸には、花街柳橋《やなぎばし》の灯りが艶《なまめ》かしく連なり、微風に乗って街の賑わいが伝わってくる。

引きかえ両国《りょうごく》と地続きのこちらの河岸は、静かなものだ。

とはいえつい今しがた、土手の向こうに騒がしい声が聞こえ、

「ええじゃないか」

「ええじゃないか」

と老若男女のなりふり構わぬ人々が、喚《わめ》きちらし踊り狂いながらどこかへ遠のいて行ったばかりだ。

つい二、三年前まで、薬研堀《やげんぼり》の私塾に通ってきていた一馬は、そのころの柳橋の夕暮れのざわめきをよく覚えている。

丁稚《でっち》を従えた遊びなれた旦那衆、ワケありらしい男や女、仲間と連れ立って遊びに行くらしい若者ら……が、柳橋のたもとで誰かと待ち合わせており、何やら笑いさざめく声が聞こえていたものだ。

だが昨慶応《けいおう》四年五月の戊辰《ぼしん》の戦《いくさ》で、花街とこちらを繋ぐ柳橋が落とされてしまった。

思えば、ちょうど今日と同じ、未明から五月雨《さみだれ》が降りしきる蒸し暑い日だった。

四か月後の九月、橋はないままに慶応が明治《めいじ》となり、柳橋へ行く人々は、別の橋を渡って行くようになった。

河岸《かし》はじりじりと寂《さび》れつつある。それでも神田川河口の柳橋界隈《かいわい》では、なお船宿は軒《のき》を並べ、軒先《さき》に吊るされた屋号入りの軒提灯《ぢょうちん》が、微風に揺れながら人通りの少な

い暗い道を照らしている。

一馬は先ほどから篠屋の窓を、じっと仰いでいた。

もうすぐ十七になろうという若者だが、幼時に両親と死別し、今は上野《うえの》で茶店を営む、遠縁のお紋《もん》に引き取られている。

父親は御徒町《おかちまち》に住む貧しい御家人だったが、一馬がまだ乳呑児《ちのみご》のころ尊皇攘夷《そんのうじょうい》の嵐に巻き込まれ、ある日出奔《しゅっぽん》したきり何の音沙汰もない。

母親は一馬を連れて根岸《ねぎし》の実家に身を寄せたが、安政《あんせい》の大地震で家は消失し、以前から患《わずら》っていた気鬱《きうつ》症が高じて亡くなった。

一馬は子沢山《こだくさん》の叔父の家に引き取られ、鋤《すき》や鍬《くわ》を持たされた。

だが畑仕事に馴染めず、何度も家を飛び出した。おかげで夜、床《とこ》に入る時は、母の名を書いたお札《ふだ》をおでこに貼られたものだ。

瘧《おこり》のような発作が始まると、自分から押し入れや神社のお堂にこもったが、衝動を抑えられずにふらふらと出て行ってしまう。

「あの子は鈍物《どんぶつ》で何も出来んくせに、気位《きぐらい》ばかり高《たけ》えでな。もうわしの手にはおえん」

と叔父は遠縁で独り身のお紋の家に、十二歳の甥《おい》を置いて帰った。

要するに口減らしで捨てられたのだ。それをお紋は哀れみ、茶店の丁稚という名目で使うようになった。

だが一馬には、

「いいかい、おまえ様は武士の子なんだからね、店の手伝いなんてしなくていい、学問と剣術をじっくりおやり」

と励まし、塾や道場に通わせたのである。

以来、書物に親しみ、剣術に励むようになり、思いのほか成績も良かった。それが励みになって、以前の癇のような衝動に襲われることもなくなったのだ。

お紋は、お客に愛想《あいそ》を振りまく茶店のおかみで、三十はとうに過ぎている。だが髪を櫛巻《くしま》きに結《ゆ》い上げた美女ぶりに、人気が集まった。

「あたしをおかみと呼ばないで、姉さんとお呼び。おまえ様を自慢の弟と思ってるからね」

と言って一馬を可愛がり、夜、茶店を終えて近所へ遊びに出る時は、決まって一馬の四畳半に顔を出し、

「いい子いい子、よく学んでおくれ」

と頰ずりし、花のような匂いをばら撒いて出て行く。

一馬にとって、これまでの人生で最高に楽しい日々だった。

だが昨年の上野戦争で、店のある一帯が焼け野原となってしまった。

店は類焼《るいしょう》を免《まぬが》れたが、水を浴びていてすぐには商売も出来ず、最近になって、自前でやっと修理して再開した。

近所にもぼちぼち掘っ立て小屋が建ち、住人が戻ってきつつあった。

ところが今度は、大家《おおや》から立ち退《の》きを迫られたのである。

大家の佐野屋儀兵衛《さのやぎへえ》は、馬喰町《ばくろちょう》で木綿《もめん》問屋を営む富商《ふしょう》で、この機会に焼けた一帯の土地を買い占め、大繁華街として再開発するという。

お紋が土地を追われれば、自分はどうなるか。

まあ、この広いお江戸のどこかに、生きる手掛かりの一つや二つあるだろう。そう楽観的に考えて日々をしのいできたのだが、もし何もなかったら……と思うと、目の前が真っ暗になった。

今も、そんなことをぼんやり考えていると、両国橋の方から足音が聞こえてきて、一馬は素早く木の陰に身を隠した。

若い芸妓《げいしゃ》であることは、風に漂う甘い化粧の匂いで分かる。

その後に荷物持ちの箱屋《はこや》が付いてくる。

「トチチリトチチリ、ハ、トチチリ……」

と芸妓は、しきりに口三味線《くちじゃみせん》で、清元《きよもと》の一節を口ずさんでいる。

これから、どこかの料亭でお歴々の集まるお座敷があるのだろう。お浚《さら》いに懸命で、周囲を窺うような余裕もなさそうだ。

二人は一馬のそばを俯《うつむ》いて通り、篠屋の前をも過ぎて行った。

後に残った脂粉《しふん》の香りは、近くの茂みから漂う山梔子《くちなし》の甘い芳香に溶けて、消えて行く。

(生きる手掛かりがどこにもなかったら……)

と一馬は先ほどの物思いに戻った。

二

山田吉亮《やまだよしふさ》は、早めに小伝馬町《こでんまちょう》の牢屋敷を出た。

この日、処刑はなかったが、打ち合わせと称する牢役人との会合があった。最近の新政府の動向、特に〃この伝馬牢をどうするか〃という消息を、あれこれ聞かされたのである。

吉亮は屋敷のある平河町《ひらかわちょう》へは向かわず、その逆の柳橋へと足を向けた。久しぶりに仕事のなかったこの穏やかな宵、篠屋で芸妓を揚げて呑もうと思ったのだ。

小伝馬町から柳橋までは、さほど遠くはない。

たまには牢屋敷の陰鬱《いんうつ》な空気から離れて、罪科《つみとが》とは関係ない普通の人々と、他愛ない戯《ざ》れ話で笑い合いたかった。

斬首《ざんしゅ》の御用のあった日の山田家は、一門の門弟と夜を徹してどんちゃん騒ぎに興《きょう》じることになっている。

というより、そうしなくては心身が持たないのだ。だがそうでない日でも、たまに美しい芸妓の酌《しゃく》で心ゆくまで酒を味わいたい。

そんな思いで足取りも軽かったせいか、日暮れ前に篠屋に着いた。

御一新《ごいっしん》の前は予約なしでは取りにくかった特別座敷も、今日はすんなり入ることが出来た。

「おやまあ、若先生、お久しぶりでございます。はい、二階の奥座敷は、いつだって若先生のために空《あ》けておりますよ」

と事情を呑み込んでいるおかみのお簾《れん》は、いつものように満面の笑みを振りまき、戯れ言で迎えた。

「さあ、どうぞどうぞ」

と手を取らんばかりに、二階に案内する。

四十に近いお簾にとって、まだ十七かそこらの吉亮は、ほんの小僧っこに過ぎない。

だがわざと、〝若先生〟と恭《うやうや》しく呼ぶ。

父親で七代目の山田浅《あさ》右衛《え》門吉利《もんよしとし》が、ここの古い常連だった。

吉亮は山田家の三男坊で、まだ独楽《こま》を回したり剣術ごっこをしていたい年ごろだが、幸か不幸か、幼少から剣に天稟《てんぴん》の才があったのだ。

早くから山田流試刀術《しとうじゅつ》の達人《たつじん》となり、試し斬りを好んだ。試刀術とは、生きた首ではなく巻き藁《わら》で作った据物《すえもの》を斬る術のこと。

その術に長《た》けていた吉亮は、父親にその才を買われ、十二の時に十五歳と偽って奉行所に届け出て、首斬《くびき》り役人となったのである。

整った顔立ち、鋭い眼光《がんこう》、多くを語らぬ寡黙《かもく》な性格、痩身《そうしん》のしなやかな体格……。

これだけ揃っていれば、三つ四つサバをよんだところで、誰も怪しむ者はいなかったのだ。

初めのうちは少年囚の柔らかい首を斬らしてもらっていたが、その腕は父や二人の兄に引けを取らなかった。

それればかりではない。

山田家の首打役《くびうちやく》は、文武両道でなければならぬ、と決めたのは三代目吉継《よしつぐ》だった。武に秀《ひい》でていた吉継だが、いまわの際《きわ》に囚人が詠《よ》む辞世《じせい》の歌をよく理解出来ないのを恥じ、俳門に入って詩歌《しいか》の修養を積んだ。

以来、山田家の者は、少年時代から風雅《ふうが》の道の修練も義務づけられたのである。

そして吉亮は、兄弟の中で最も詩歌を愛する、粋人《すいじん》だった。

例えば長州《ちょうしゅう》出身の思想家吉田松陰《よしだしょういん》は、七代目吉利の刀によって、見事な最期を遂げたが、辞世の歌も感銘《かんめい》深いものだった。

「親思ふこゝろに勝る親ごゝろ　けふの音信《おとづれ》何ときくらん」

この歌を吉利は折にふれて口ずさんだ。

〝子が親を思うより、親が子を思う心の方が強いもの。死を前にした私は、親への愛《あい》惜《せき》の念でかくも一杯なのだから、私の刑死の知らせを聞いた親の気持ちは、いかばかりのものか〟

吉亮はまだ十七ながら、そんな痛切な歌の意味を汲み取った。

そして〝首斬り浅右衛門〟の家業を、息子に継がせる父吉利の、父親としての思いまでも感じ取っていたのである。

若いうちからそうした生死の境で鍛錬《たんれん》してきたせいか、立ち居振る舞いも落ち着いて、大人びていた。

異性には奥手で恋人もいないが、女を知らないわけではない。

〝仕事〟の忙しい山田家では、ほぼ毎晩のように家でどんちゃん騒ぎの宴会があるが、吉亮はいつも大酒して酔い潰れ、目が覚めると、見覚えもない女と同衾《どうきん》していた……というのが毎度だった。

篠屋の座敷で呑む時はよく芸妓を呼んでもらうが、泊まったことはないし、誰かと密会するという浮いた話もない。

「……若先生、お寿々《すず》さんは如何致しましょう？」

吉亮が座布団に腰を下ろして寛《くつろ》ぐと、いったん階下に下りたお簾が、手早く酒と酒肴《しゅこう》を盆に載せて運んで来て、言った。

おかみは気を利《き》かせただけだが、吉亮はくすぐったい。

お寿々は吉亮の気に入りの芸妓だったが、実は手を握ったこともないのである。そのくせ来る時はいつもその名を口にして、呼んでもらう。

「うむ、体が空いてるかな」

　とお簾の酌を受けながら、他人事《ひとごと》のように言うと、

「ええ、若様がお目をつけるだけあって、あの子は売れっ妓《こ》ですからね、いま新政府《あちら》の御役人様には、柳橋の芸妓衆が大人気だそうでございますよ」

「へえ、あちらのイモ役人に、柳橋芸妓が分かるかな」

　と吉亮が珍しく戯れ言を言ったので、お簾は少し眉を上げて笑った。

「ほほほ……ご心配なさらずとも、蛇《じゃ》の道はヘビ……。こういうことは、必ず伝わるものでございますから。はい、すぐに手配致しますけど、万一の場合はご容赦《ようしゃ》くださいましね。柳橋に、芸妓は何もお寿々だけじゃございません。他にも、綺麗どころは大勢おりますんですから」

　と立て板に水の勢いで釘を刺すと、

「ま、少々遅くても構わない、ゆっくり呑むからね」

　その手管《てくだ》には乗らないよ、と吉亮は暗に仄《ほの》めかす。おかみとはいつも、そんな駆け引きを楽しむのである。

　するとお簾が言った。

「ご執心《しゅうしん》でございますこと。今夜はお泊まりになります？」

「あ、いや、明日は朝が少し早いので……」

結局、綾《あや》が交渉役を頼まれて見番《けんばん》に向かった。

その結果、お寿々はいま両国のお座敷に出ているが、それをこなした足で、駆けつけて来ることになった。

六つ半（七時）を少し過ぎるだろうという。

三

一馬が篠屋の玄関で案内を乞《こ》い、二階に案内されたのは、夜の帳《とばり》が下りるころだった。もとより、案内されたのは大座敷の方である。

そこにいたのは商家の主人と手代《てだい》らしい一組と、ここで腹ごしらえしてからどこぞへ出向くらしい、六十近いご隠居ふうだった。

一馬は牛蒡《ごぼう》と蓮根《れんこん》のキンピラと、江戸前の鯛《たい》の刺身を取ったが、箸をつけずに盃だけを空けていた。

一大決心をして、ここにやって来たのである。

だから何も喉を通らないし、酒も少しも回らない。

お紋が数日前に、八王子《はちおうじ》の実家に帰ってしまったのだ。

去年の暮ごろから痛むことがあった心《しん》の臓《ぞう》を、医者が調合した薬を呑んで抑えてきたが、客もろくに店に来ない今のうちに、実家で静養するという。本当は、病はもう瀬戸際まできているのではないかと一馬は思った。

源吉《げんきち》というこの店の台所方の老調理人と、居候《いそうろう》の一馬は、店は立ち退かず、ギリギリまで店を営業することに決めた。

「先はその時のこと。いいようにやっておくれ」

と二人には、幾らかの残り金を分配した。

そしてお紋は出掛ける直前に一馬を呼び、

「何か困ったことがあったら大家の佐野屋さんに会って、これをお渡し」

と謎めいた言葉を吐き、手紙らしい封書を渡されたのだ。

どういうことか、と問うても答えぬまま、

「おまえ様は学問を続けて、偉くなる定めにあるの。あたしはきっと元気になって戻ってくるから」

といつものいい匂いのする頬ずりをし、どこかから拾ってきた十一、二歳の使い走りに荷物を持たせて、出て行った。

お紋もこの乱世を独り身で渡ってきた女。佐野屋儀兵衛も、馬喰町で長く木綿問屋を営んできた富商である。

おそらく何やらの秘密をお紋は摑んでいて、いざとなったら、相応の金を引き出す気でいるのかもしれぬ、と一馬は想像した。

その翌日に、佐野屋からどやどやと若い衆が踏み込んで来て、家にあったあらかたの家具を持ち去った。しばらく家賃を滞納していたからという。

布団さえすべて持ち去られ、今家の中には、老調理人と一馬の一纏《まと》めの荷物しか残っていない。

がらんどうになった中で、かくなる上は佐野屋に押しかけてやろう、と一馬は気負いたった。家財がないと商売は出来ない、そもそもお紋がいない世界はどこもかしこも精彩《せいさい》を欠いている。

毎日お紋とは、食事の時に言葉を交《か》わすぐらいで、多くを話すこともなかったが、それだけで心が満たされた。

どんな災難でも、お紋が耐えていると思えば、自分も耐えられた。

だがそのお紋は、果たして再び戻ってくることがあるのか。

いっそ佐野屋から金を引き出して、源吉爺さんと山分けし、どこかへずらかろうか。

佐野屋が拒んだら、その場で相討《あいう》ちになってもいいと、本気で考え始めていた。

「これからどうなろうとも、所詮《しょせん》は地獄の釜の中だ。どうせ火だるまになるなら、早い方がいいや」

と破れかぶれになり、午後になって、さっそく佐野屋を訪ねた。だが儀兵衛は外出していて、会うことは出来なかった。

ただ、行く所のない一馬らの窮状《きゅうじょう》を知り、落胆《らくたん》する姿を目前にした若い手代が、耳元で囁いてくれたのである。

「今日の夕方には、柳橋の篠屋にいるはずだよ」

吉亮は心地よく酔っていた。

手酌で呑みながら、一人ひっそり口許が緩《ゆる》むのを感じた。先ほど薩長《さっちょう》の悪口を言った時、お簾が眉を少し上げたのが思い出され、

「今、そんな悪口言ってる場合じゃないでしょ」

とピシャリとお叱りを受けた気がして可笑《おか》しかったのだ。もちろんおかみは何気なく言っただけで、何も意図してはいない。

だが吉亮の側に、お家の複雑な背景がのしかかっていたのだ。

山田家の首斬り家業は、元禄《げんろく》のころから二百年近く続いた幕府の刑罰制度を生業《なりわい》と

したものであり、これまで七代にわたって世襲が行われてきた。

死罪人の首を斬るという〝不浄《ふじよう》〟な職務が、まるで家元制度のような文化的な意味合いを帯びて〝天職〟として受け継がれ、〝儀式〟として行われてきたのだから、摩《ま》訶《か》不思議な伝統だった。

初めのころ、処刑は奉行所の〝首斬同心〟という担当役人が手がけていたのである。

山田家の本業はもともと、徳川家《とくがわけ》の〝御佩刀御試御用役《みはかしおためしごようやく》〟だった。〝御試御用〟とはすなわち、将軍家や大名らの刀剣の鑑定をし、その斬れ味を試す役のこと。

その斬れ味を証明するために、死罪人の死骸を積み重ねて一刀のもとに斬り落としてみせる。それがあまりに見事だったのだ。

「死体をそれほど見事に斬るなら、生きた罪人も斬ってもらえんか」

という話が浮上した。

役人らは首斬りを嫌い、その技量も高くなかったため、処刑のたびに問題が頻発《ひんぱつ》した。そこでいつしか、粗相《そそう》のなきよう苛烈《かれつ》な修行を積んできた山田家が、首打役を兼務するようになったという。

死を司《つかさど》ることで〝不浄〟と蔑《さげす》まれる役を、斬首や介錯《かいしやく》を美しく見せる見事な技量と、それを支えるしきたりによって〝聖職《せいしよく》〟に替える――。

そんないわく言いがたい思惑が、幕府側にも山田家側にもあったようだ。

その意味合いからも斬首の謝礼は儀礼的なものだったが、それとは別に様々な役得《やくとく》があって、山田家はかなり裕福だった。

例えば自分らが処刑した死体をもらい受けて、それを試し斬りの具として欲しがる武家に譲るのが一つ。また死体から生肝《いきぎも》や脳味噌などを取り出し、山田家秘伝の〝人胆丸《じんたんがん》〟など各種の丸薬《がんやく》を作って市販するのが一つ。

ヒトの生肝の薬効について、古来から民間には絶大な信仰があったから、それは飛ぶように高く売れたのである。

そんな背景を持つためか、山田家ではこの家業は半永久的に続くものと信じていて、それがなくなるなどとは思いもしなかった。

ところが不滅に思えたかの幕府が崩壊したのである。後釜の新政府は、西洋文明の洗礼を受けた合理主義の塊《かたまり》だった。

こんな奇怪な制度を、すんなり受け入れるとは到底思えない。

「首斬りを家業とするのは野蛮である」

として、新刑法で廃止になろうと予想されていたが、

「どうやら当分このままで行くらしい」

という新情報を、吉亮は今日の雑談の席で耳にしたのである。

この明治二年の夏には、正式に辞令が出るという。

どう野蛮で古めかしいにせよ、政府はこれをすぐには廃止出来なかったのだ。

西洋で行われている〝ギロチン〟なる首斬り機械による斬首刑や、首吊りによる絞《こう》首刑《しゅけい》が検討されていたのだが、それには、いましばらく時間がかかるだろう。だが処刑に値する犯罪人はどんどん増えている。

おかげで山田家は失業を免れ、当面、家業が守られたのだ。

吉亮はホッとしたものの、といって決してこの家業が好きではない。

山田家は幕府御用を務めてきたが、立場は〝浪人〟である。

初代がたまたま浪人だったからだが、やはり死に関わる〝賤業《せんぎょう》〟であるからして、幕臣という身分を与えられなかったようだ。

それは不本意だったが、その反面、誇りもあった。

居合抜きの山田道場で幼少から鍛え抜かれ、一門以外の何人《なんぴと》とも分かち合えぬ、ある極意に達した専門者としての矜持《きょうじ》である。

例えば、動くネズミを一刀で斬る極意を、子どものころ父に授けられた。父が斬る時はいとも無造作で、軽々と刀を振り下ろしているように見え、そこへネズミが自ら飛び込んでいくように見えたものだ。

ところがそれを、自分がやるとなると至難《しなん》の業《わざ》だった。

「遅い！　見えてからでは駄目だ！」

「ネズミを見た時は、斬っておらねばならん！」

と繰り返し怒鳴られた。

（だが見ないでどうやって斬れというのか）

突拍子《とっぴょうし》も無い言葉に腹が立ち、わけもなく刀を振り下ろして、危うく自分の足の指を斬り落としそうになったこともある。

それがある時、何か稲妻《いなづま》のような力が全身を駆け抜けるのを感じ、何ものかに動かされるように刀を振り下ろした。

その瞬間、切っ先にかすかな感触を得た。

「それだ！」

という父の叫び声にハッと覚醒《かくせい》した時、ネズミが転がっているのを見たのである。

その嬉しさは、今も心に深く残っていて、この仕事を続けられる力の源泉にもなっている。

そして今――。

吉亮は胡座《あぐら》をかいたまま、軽い酔いにうとうとしていたが、ふとネズミが自分の目の端をよぎったような違和感を覚えた。

無意識に左側に置いてある脇差に手を伸ばし、カッと眼を見開いて、叫んでいた。

「何やつ！」

いつの間にか廊下との境の腰高障子《こしだかしょうじ》が開いていて、そこにずんぐりとした男が、ヌッと立っていた。

まだ前髷《まえまげ》を落としたばかりのような十五、六に見える若者で、濃いむっくりとした眉と、細く切れ上がった目を吊り上げ、袴の股立《ももだ》ちを取って、右手に抜き身を提げていた。

「それがし柏崎一馬と申す者、あんたは佐野屋儀兵衛だな？」

その声は、少し上ずって掠《かす》れていた。

「え、何と？」

驚いて声を上げつつも、悠揚《ゆうよう》迫らぬ態度で見返した。

「自分は、その佐野屋 某《なにがし》ではない。名を山田吉亮と申し、生まれた時から山田家の倅《せがれ》である」

座って盃を持ったままで、脇差を手から離していた。

吉亮の目にはこの闖入者《ちんにゅうしゃ》が、自分より二つ三つ年下に見えた。刀の腕もそれなり立つようだが、人を斬った経験があるとはとても見えなかった。

「抜かすな！　甘言《かんげん》を弄《ろう》して逃げようたってそうはいかん」

一馬は叫んで、座敷に踏み込んできた。

「あんたは戦のどさくさに紛《まぎ》れた、火事場泥棒だ。口入《くちいれ》業者と組んで、焼け跡の買い占めを企《たくら》む、天下の大泥棒だ！」

「……して、用は何だ？」

「自分は、佐野屋によって土地を追われた者。考えを改めてもらおうと、参上した。いい返事が貰えなけりゃ、もろともに地獄行きだ」

（おやおや、変わった御仁《ごじん》が現れた）

　と吉亮は思った。

（この首斬り人の首を斬りに来る奴がいようとは……）

四

「お、お待ちくださいませ、お客様！」

とその時、お簾が半開きの障子を割って、にじり入ってきた。

声が外に漏れぬようまた襖をしっかり閉めると、

「坊っちゃま、お人違いでございますよ！」

と一馬に向き直り、たしなめるように言った。

「このお方は山田様といって、篠屋《うち》の大事なお客様でございます。お父上も古くからのお馴染み様で、お二方とも剣の達人でございますから、滅多《めった》なお間違いをなさいますな！」

この諫言《かんげん》に、一馬はそこに棒立ちになった。

改めて落ち着き払っている吉亮を見、その時になって、自分がとんでもない失態を犯したと気が付いたのだ。

そういえばかの佐野屋儀兵衛は、もう五十近い年齢では？

そのことにいま初めて気が付いたのだ。

だが行灯《あんどん》の灯《ろうせい》りに照らされたその端整な顔は、翳《かげ》りのない青年のもの。妙に腰が据《す》わって老成しているが、まだ二十代そこそこに思われた。

「し、しかし、予約をしたと……」

「はい、仰《おお》せの通り、確かに先方様からご予約がございましたが、急用が出来たとのことで、取消になりましたのです。山田様はその後に来られましたから、間違いが生《しよう》じたのでしょう」

（山田家……）

一馬にはさらに引っ掛かるものがあった。

先ほどは勢いに乗って気にも止めなかったが、この吉亮と名乗る男の口にした名前が耳に貼り付いている。

どこかで聞いた名前だ。山田家は父子ともに剣の達人……とはもしかして、時々耳にするあの有名な家であり、おかみはわざとそのことを匂わしたのでないのか。

「山田家と申されたのは、もしかしてあの浅右衛門《あさえむ》さんの……？」

浅右衛門という厳《いかめ》しい名も、江戸っ子は〝あさえむ〟さんと言い慣らしてしまう。

〝あさえむさんが来るぞ〟と言えば、泣く子も黙る。

恐ろしい〝あさえむさん〟はある意味、江戸っ子に親しまれていたのだ。

「…………」

吉亮は黙って頷き、少し面映《おもは》ゆそうに微笑して言った。

「そう、首斬り浅右衛門の家です」

「こ、これは……」

事情を解《かい》した一馬は、ガバとその場に伏せ、畳に額をこすりつけた。

とんでもない間違いを犯した自分への怒りとも、屈辱とも、恥ずかしさともつかぬ感情が、汗となって全身から噴き出した。

「そうとは知らず、御無礼仕《つかまつ》りました。どうか存分に成敗《せいばい》してください！」

「ああ、誤解が解《と》けたらそれでいい」

と言う吉亮にさらに迫った。

「いや、自分はいずれ、佐野屋と相討ちになるのを楽しみに参った者です。両親も身寄りもない、住む所もなくなっちまって、浮浪児になるしかない身……、これ以上生きていたところでしょうもない。この世に何の未練もござりませんゆえ、ここで一思《ひとおも》いに斬っていただきたい」

「ち、ちょっと待ってくれ。斬れと頼まれれば斬らんでもないが、まずは篠屋が迷惑するだろう」

その言い方に、お簾が笑い出した。

「そうでございますとも。妙なことにもならずに、ご両人が和解なされて、本当によろしゅうございました」

笑いながらも、玄関に客が来たことを察したらしく、立ち上がる気配を見せて言った。

「あたしからお祝いに、一献《いっこん》差し上げたいので、少々お待ちくださいましね」

と立ち上がって、頭を下げつつ座敷を出て行った。

「おかみもああ言ってることだし、今夜は佐野屋は諦めて、ここで一緒に呑みませんか。少し遅くなるけど、芸妓も来るはずだ」

丁寧なその言い方に、一馬は観念したようにその場に胡座をかいて座った。

放心しているせいか、汗に濡れた顔が丸く膨《ふく》らんで見え、目がまだ血走っている。

よほど本気だったのだろう。

「一馬どの……と申されたか。事の是非は別として、その元気ぶりには感服《かんぷく》しましたよ。ちなみに今幾つになられた？」

「十六……もうすぐ十七です」

一馬は自嘲《じちょう》気味に言った。落ち着き払っている相手の前で、自分がいかにも短慮《たんりょ》な木偶《でく》の坊《ぼう》に思えたようだ。

「ほう」

吉亮は内心驚いていた。自分と同い年とは！

自分はとうに大人になっているのに、この一馬はまだほんの少年ではないか。何かといえばすぐに死にたがる。十七歳とはそういうものなのだろうか。

そんな驚きを隠し、年上のような顔で頷いてみせた。

自分の方が老成し過ぎているのかもしれない。

そう考えていて、思い出したことがある。

忘れもしない、十二歳で初めて斬った相手が、十七歳の少年だったことだ。裕福な町医者の倅で、色白で華奢《きゃしゃ》な美少年だった。

だが元服《げんぷく》して間もなく、吉原《よしわら》の花魁《おいらん》の色香に狂い、身を持ち崩した。親はほとほと手を焼いていたから、もう金を引き出せそうになかった。だが、花魁と遊ぶには金がもっともっと欲しい。

せっぱ詰まって、事もあろうに隣家に強盗に押し入ったのだ。正体がばれて逆上し、その家の女房子どもと丁稚を滅多斬りにしたことで、市中引き回しの上、獄門という極刑となった。

吉亮はこの年上の少年の首を一刀のもとに斬って、初舞台に成功し、首斬役人の仲間入りをしたのである。

今ここにいる一馬は、色道に踏み迷ったあの少年とは、まるで正反対だ。生まれも境遇もどこもかしこも違っていた。

だが二人は似ているように思えるのだ。二人は、自分には信じられないほど愚かだということだ。それが十七歳の共通点であれば、自分は真っ当な十七歳ではない。自分には青春というようなものはないのだ……。

そんな思いに囚《とら》われて呆然《ぼうぜん》としてしまい、やはり呆然としている一馬と向き合って、しばし沈黙の時を過ごした。

そこへお簾と、綾が、酒と肴の載った盆を持って入ってきた。

「おやまあ、お二人ともお若いのに、何てお静かで行儀がよろしいんでしょう。お酒が足りないんじゃございませんか。さあさ、たんとお呑みなさいまし」

とお簾は賑《にぎ》やかに二人に酌をして酒をすすめ、ここは二人きりがいいと思ってか、綾を促して一緒に出て行った。

「しかし、おぬしも凄いな。佐野屋の顔も知らずに斬りに来るとは……」

日ごろは寡黙な吉亮だが、こうして酒をさしつさされつするうち、ふと他愛ない言葉が、脈絡《みゃくらく》もなく出てきた。

この同い年の少年にならら、首斬り家業について、てらいもなく語れるような気がしたのだ。

「いや、知らないから斬る気になれたんだと思います」

「ああ、考えてみると私もそうだな」

と吉亮は頷いた。

「自分の斬る番が来るまで、絶対に死罪人の顔は見ない。見ると雑念が入って何か考えてしまい、気が散る」

「達人でもそうですか」

「いや、達人じゃないからだ」

「どうであれ、自分はもう佐野屋を斬れそうにないです。山田様の顔が浮かんでしまう」

「ははは、おかげで佐野屋は命拾いしたわけだ」

吉亮は笑って言い、ふと真顔になった。

「しかしこれからどうする、帰る家はあるのか……」

一馬は、聞き上手の相手を前にして、ポツポツと事情を話した。

顔も知らない父のこと、今も忘れられない母のこと。食い扶持《ぶち》を減らすため自分を捨てた叔父のこと。浮浪児の自分を快く預かってくれたお紋と、つい数日前の別離……。

そんな諸々《もろもろ》のことを問わず語りに吐き出し、少しずつ落ち着きを取り戻していった。

「今夜は、今までの家に帰ります。待ってる者がいるんで……」

「え？」

「いや、あいにく男やもめの包丁人ですがね、ははは。布団はなくても、この爺さんがいれば食べるものに事欠かない。当面はそこに寝泊まりしようと……」

だが、それからどうしよう？

口を噤《つぐ》んで、一馬は黙々と酒を重ねた。

ぼんやり思っているのは、どこかで一仕事して金を稼ぎたいということばかり。だがこのご時世、どこで金が稼げるか……。

五

酒を少し過ごしたようだった。

遅くなって吉亮の元へ芸妓が来るのであれば、その前に帰らなくてはなるまい。そのくらいの判断が出来るうちに、顔を洗ってシャンとして帰ろうと、一馬は席を立った。

先ほど通って来た廊下の突き当たりが踊り場で、右側の階段を下りると表玄関。左、側に下りると洗面所と厠《かわや》がある。

一馬は、洗面所に通じる階段を下りかけて、ふと足を止めた。

玄関土間に、誰か客が来ているらしく、女の声を聞いたのだ。少し耳をすませていると、その低い声に、何となく聞き覚えがあるような気がしてくる。

「……あいにくでございます、お座敷は今夜はふさがっておりまして」

と応対しているのは、綾という女中の声だった。

「そう、あいにくね。朝まで、貸し切り？」

「それは分かりませんけど……」

もともと低い声をさらにひそめるから、途切れ途切れにしか聞こえないが、ごくりと唾《つば》を呑んだ。

玄関から入ってくる涼しい夜気が、階段を吹き上がってくる。

一馬はいったん踊り場に戻って、玄関に向かう階段を、二、三段ほど探るようにゆっくりと下りた。その暗がりで手すりに摑まり、首をひねるようにして、下を見下ろしてみる。

置き行灯の灯りの中に見えた光景に、目の前の何かが崩れ落ちる幻想に襲われ、階段を踏み外しそうになった。

何か闇に圧迫されたように胸が苦しくなって、思わず手すりにしがみついた。

胸苦しさをやり過ごすと、そっと這《は》うようにして階段を上る。薄暗い廊下を足を擦るようにして走り抜け、奥座敷に飛び込んだ。

「お、どうした……」

と呆気《あっけ》に取られている吉亮に目もくれず、床《とこ》の間《ま》に突進する。

長刀は玄関で下足番に預けたが、脇差をそこに置いてある。無言でその脇差をとるや、鞘《さや》から抜いて座敷を飛び出した。

だが廊下の半ばで、背後からがっしりと左腕を摑まれた。

「何をする」

と声を上げようとして、相手の右手にしっかりと口を塞《ふさ》がれた。

「ううっ……」

呻《うめ》きながら一馬はずるずると引っ張られ、必死でもがき抵抗するも、後ろ向きのまま座敷に引きずり戻されたのである。

吉亮は一馬よりやや背が高く、痩身だったが、恐ろしい力だった。おそらく合気道《あいきどう》でツボを心得ているのだろう。

座敷に入ると手は口から離れたが、すかさず一馬の首に回っていた。

「な、何するんだ、やめてくださいよ」

一馬は掠れ声で叫んだ。

「おぬしこそ何をする気か。見過ごすわけにはいかんぞ」

「…………」

「まさか佐野屋が来たんじゃ……？」

「違う！」

一馬は苦しげにわめいた。

「じゃ誰なんだ」

「お紋姉さんだ」

「……人違いじゃないか？」

さすがに声が尖《とが》った。

「いや、病気で八王子に帰ったなんて、真っ赤な嘘だったんだ！　さっき階段から見たのは、確かに髪を巻き上げたお紋だ。宿に交渉に来たんだよ、今夜、この座敷は空いているかとね。あの女は淫売《いんばい》だった。後ろに男を連れていたよ」

吉亮は無言で、一馬の左手をひねり上げた。

いてッ……と悲鳴をあげ、握りしめていた脇差をポロリと落とす。吉亮はすかさずその刀を拾い上げた。

「さあ、刀を返すから、一思いに斬ってこい」

「…………」

自由になったものの、いきなり突きつけられた刀に一馬は戸惑い、その場に固まっていた。

「斬りたいんだろ？　念が残ってはいけない、やってこい」

刀をザクッと畳に突き刺して、吉亮は席に戻った。

刀を振り下ろす時の、酩酊《めいてい》にも似たあの瞬間は、すでに過ぎているのを吉亮は知っている。鬼の形相で座敷に飛び込んできたあの集中をもってしか、人は斬れまいと。

畳に突き刺さった刀を見ながら、一馬は考えた。

佐野屋儀兵衛への手紙は懐《ふところ》にしまってあるが、どこに捨てて行こうかと。佐野屋は大かたお紋の昔の情夫《おとこ》か何かだろう。

手紙にはおそらく、お紋に手紙を託されてきた少年の命乞いと、金の無心を、言葉たくみに書き連ねられているに違いない。

「どうした、酒が足りないか」

吉亮が顔を上げて言い、鈴を鳴らして人を呼んだ。

「いや、飲み過ぎちまった……。おれ、帰ります」

「帰る？　もうすぐ芸妓が来る、遊んで行け」

「…………」

そこへ綾が入ってきた。

「酒をもっと頼む。それと、この座敷には次の予約があるのかな？」

と問うと、

「いえ……」

と綾は何ごともなさそうに、首を振った。

「何もございません、ごゆっくりなさってくださいまし」

綾は、お紋と一馬のことは知らず、吉亮がたぶん宿泊しないことも知っていた。だがこれから芸妓を迎えようという客の華やぎを考え、急《せ》き立てることのないよう、次の予約は控えたのである。

綾が盆を抱えて出て行くと、

「今夜は蒸すな……」

と独り言を呟《つぶや》いて吉亮は立ち上がり、窓辺に寄って出窓の障子を開け放った。

流れ込んでくる涼しい夜気に、甘い山梔子の香りが溶けている。

その時背後に、ぐすぐすと、鼻を啜《すす》り上げる音がした。

部屋に流れ込んできた甘い花の香りが、どうやら一馬の懐かしい記憶を刺激したようだ。滂沱《ぼうだ》の涙を流して、しゃくり上げている。

「一馬、もう少し呑んで行け」

と親しい口調になって引き留めた。

「生きたくて生きられない者を、私は毎日見ている。お前は死に急ぐな。何があっても生き延びろ」

一馬は聞こえたかどうか、よろめくように立ち上がり、部屋を出て行った。

吉亮はそのまま窓辺に立ち、静かな夜空を仰いだ。

いつの間にか月が中天《ちゆうてん》に上がっており、暗い夜の川を照らしている。

川向こうに華やかに灯りの連なる柳橋は、不夜城《ふやじよう》ではない。真夜中を過ぎれば、だんだん灯りは消えていくのだが、いましばらくはこの夜景が楽しめよう。

酔眼朦朧《すいがんもうろう》の目の奥に、形相も物凄く座敷に飛び込んできた一馬の、青ざめた顔がまだ焼きついている。

自分を育ててくれたお紋を淫売と罵った一馬は、まだまだ青っぽい若造だと思う。

男でも生きにくい時代を、女一人で生き抜いてきたお紋。

（そのお紋の気持ちが、お前には分からないか）

今の自分に分かるのは、浅ましい人斬り家業の家に生まれ育ち、人の血で汚れた金で喰っている賎業と蔑まれ続けながら、それに抗して生きてきたからかもしれない。

だがそんな若い一馬が、吉亮には、胸が痛むように美しく、羨ましく思われた。

青い少年時代を飛び越えて、早くから大人の世界に入ってしまった自分には、殺したくなるほど慕う女はいないのだ。

ただ吉亮には、野放図《のほうず》に生きられぬ事情がある。やらなければならぬ、と心に決めたことがあった。

父、七代浅右衛門吉利は、もうそろそろ引退したがっている。この制度自体が先は長くないが、もう少し続きそうだから、八代は長兄吉豊《よしとよ》が継ぐことになろう。

そしておそらく、八代か九代あたりでお役目御免の時を迎えることになりそうだ。

……であるから、〝最後の浅右衛門〟を、三男吉亮に求める声がそれとなく囁かれている。

長兄は、惣領《そうりよう》らしい貫禄《かんろく》はあるが、その技量にはやや不安が残る。父が厳格だったせいか、放蕩三昧《ほうとうざんまい》に耽《ふけ》り、首斬り家業にほとんど情熱を抱いてはいない。

次男在吉《ありよし》は腕はいいが、吉原通いにうつつを抜かす遊び人だ。おまけに家族も手こずる酒乱で、酔っ払えば白刀を抜き放って乱暴狼藉《らんぼうろうぜき》に及び、なさぬ仲の母を泣かせていた。

〝天職〟と言えるのは人の噂どおり、三男だろう。幼少から天稟の才を発揮して山田家の名を高らしめてきたのだったが、この吉亮には、浅右衛門襲名を巡って兄を押しのけるような野心はない。

だがいずれ首斬り役という負の伝統を、山田家の誰かが代表し、一刀ですっぱりと断ち切らなければならぬ時が来る。

(それは自分が引き受けよう)

という密かな思いがあった。

徳川の歴史の中で培《つちか》って来た家風を最後まで守り、この山田家を、自分の手で見事に滅ぼしたい、と願うのだ。

吉亮は高く昇った月を仰いで思った。

(自分の未来は、過去を断ち切ることの中にしかない。だが一馬よ、お前には未来がある。今は時代に逆らって、思う方向に野放図に生きろ)

そう思った時だった。

「わっしょい」

「わっしょい」

と騒がしい声が、暗い両国橋の土手の方から、地鳴りのように響いてきたのだ。下の道に、大勢の黒い影がモクモクと湧いて来る。

ところどころに提灯の灯りが踊った。

「ええじゃないか」

「ええじゃないか」

喚きちらしながら、着物を肩脱ぎした女、女装の男、狐《きつね》の面《めん》の男ら……が闇の中で、なりふり構わず踊り狂う。

(こいつら、こんな時間にどこから来て、どこへ行く?)

驚くより感心して見下ろした。

熱狂のうちに一団が闇の中へ消えて行くと、ふと自分もその一人に間違えられ、皆に紛《まぎ》れて連れ去られたいような気がした。

静けさの中で、急に階下が賑やかになった。

「お姉さん、お早うございますう」

芸妓が到着したらしく、おかみに挨拶する明るい屈託《くったく》のない声が、夜の館に響きはじめた。

吉亮は急いでまた膳のそばに戻り、どっかりと胡座をかいた。

綾に送られて表玄関を出た一馬は、先ほど遠ざかっていったその声の一団を、思いがけなく再び目前にした。

「あら、ちょうど良かった。柏崎様、この後について行かれたら？」

と外に飛び出してきた綾が言った。

「この辺り、夜は危のうございますよ。誰も見てやしませんから」

「あ、いや、自分は……」

一馬は口ごもる。

幕末のころ、上方から流行りだしたこの集団の行進は、〝薩摩《さつま》の密偵の隠れ蓑《みの》〟とも囁かれていたのである。

「いいじゃないですか」

と綾は、ええじゃないか節《ぶし》に似せて言い、

「行ける所までご一緒なさいませ」

と一馬の背中をグイと押したのである。

阿波《あわ》踊りのように進む一団に巻き込まれ、一馬は手を振って抗った。

だが〝おまえは生きろ〟という吉亮の言葉が思い出され、

「えーい、行けるところまで行ってみるか」

と流れに身をまかせるうち、自然に手が動き出していた。


この年の七月、正式に山田家に首打役の辞令が出された。

十二月には七代目吉利が隠居し、長男吉豊が八代目を継いで、弟吉亮と共に新政府に出仕《しゅっし》した。

明治八年、吉亮が九代目浅右衛門を襲名し、小伝馬町から移転した市ヶ谷《いちがや》監獄《かんごく》に通うようになった。

そして明治十四年七月二十七日、世界に類のない〝首切り浅右衛門〟は、永遠にその役目を終えたのである。

〝最後の浅右衛門〟は、大久保利通《おおくぼとしみち》の暗殺犯や、妖婦《ようふ》と言われた高橋《たかはし》お伝《でん》を処刑したが、最後の仕事は、一家四人を殺害した若い強盗二人の処刑で、吉亮はその首を見事に斬って、刀を置いた。

第二話　海棠《かいどう》の花咲くころ

一

　ふと綾は食器を洗う手を止めた。

　まだ薄明かるかった台所がにわかに暗くなり、パラパラと頭上に豆を弾《はじ》くような音がし始めたのだ。……雨？

　濡れた手を前掛けでぬぐいつつ玄関に出てみると、雨はすでに激しい音を立てて軒《のき》端《ば》を打っている。

　そして行灯の灯りに照らされた玄関土間に、一人の男が影のように立っていた。やや小柄な身体に木綿の羽織袴を纏い、手荷物を風呂敷に包んで背中から斜めがけした、質実剛健《しつじつごうけん》そうな若い武士だったが、どこかに華奢《きゃしゃ》な感じがつきまとう。

「これはまあ、お足元の悪い中をようこそ。お連れ様は……」

と綾は、開け放した玄関戸の外に視線を向けた。

湿気を含んで入ってくる空気に、金木犀《きんもくせい》の香りがした。

「いや、一人だ。そこまで来たらザッと降ってきたんで、ちょっと雨宿りと思ったんだが」

懐から出した手拭いで雨粒をはたきながら、男は階上に目を向けた。

富士の白雪《しらゆき》ゃノーエ……富士の白雪ゃノーエ……と、手拍子つきの唄声が、賑やかにこぼれてくる。

(このご時世に、こんな変哲《へんてつ》もない船宿で?)

とでも思ったのだろうか。

「何しろ時分どきでございますから。でもどうぞお上がりになってくださいまし。今は相席になりますけど、じきに空きますよ」

と綾は言った。

「座敷はそれだけ?」

「いえ、二階の奥にもう一つございますが、個室になります。静かにお呑みいただけますが……」

座敷代が加算されるから、単身の客にはもったいない、と言いたかった。見たところ、この客は貧書生《ひんしょせい》めいた若者である。たかだか一時しのぎの雨宿りに、特別座敷は勧めたくない。

ただ、奥座敷は宿泊出来るため人気があり、つい去年あたりまでは予約なしでは入れなかったほどだ。

「空いてるならそこがいい、案内を頼む」

「有難うございます。ではどうぞお上がりくださいまし」

綾は先に立って二階に上がっていく。

溶けて流れてノーエ……溶けて流れてノーエ……。

あの蛮声《ばんせい》がさらに流れる腰高障子で仕切られた廊下をまっすぐ進み、突き当たりの座敷に入った。

種火がついていた行灯の灯りを強くし、

「ああ、雨は小止みのようですね」

と呟きながら障子窓を開けると、川の匂いのする涼しい外気が流れ込んできた。下を流れる神田川の暗い川面《かわも》を、何艘もの屋根船の灯りが上《のぼ》り下《くだ》りして、美しい。

武士はつかつかと窓辺に寄ってしばし眺めていたが、やがて斜めがけした荷を解いて床の間に置き、どっかり胡座をかいた。

「まずは酒を頼む。それと腹が減ったんで何か食べるものを……」

「畏《かしこ》まりました」

障子を開けると、ますます廊下は騒がしい。

三島女郎衆《みしまじょろしゅ》のノーエ……を耳にしながら、綾はふと障子に手をかけたまま、振り返って言った。

「いつでしたか、あのノーエ節をお客様が延々と唄っていたら、後で来られたお客様が、トンヤレ節を唄いだしたことがございましたよ」

「へえ、どっちが勝ったの？」

「相討ちでした」

男が笑うのを耳に階下に下りると、お孝《たか》が膳を整えていた。

今まではお波《なみ》がこの膳を持って上がり、酌をしたのだが、つい最近ちょっとした諍《いさか》いが元で、篠屋を辞めてしまった。

今は十四になるお孝の娘のお民《たみ》と、近所から臨時で通って来るお玉《たま》が酌をしているが、今日は手一杯のよう。

綾が運んで行き、慣れない手つきで酌をすると、

「酌はいいよ」

と客は手酌で、静かに盃を重ねた。

何回か酒のお代わりの後、呼び鈴で呼ばれて、綾が上がって行くと、客はまた窓辺に立っていた。神田川と大川《おおかわ》と合流する河口の辺りに、舟の灯りが幾つも集中している。その眺めに心惹かれたようだ。

「雨は上がったようですね」

背後から声を掛けると、振り向かずに言った。

「この宿が混むのは、眺めがいいからかな」

「はい、景気のいいころは……。でも最近は神通力《じんつうりき》も無くなったようです」

「ははは、そうか」

呟きながら席に戻り、懐を探って何か取り出した。

「今宵《こよい》は酒を過ごしてしまい、帰るのが面倒になった。これで、明朝まで泊めてもらえるかい」

と一両を懐紙《かいし》にくるんで、畳に置いたのである。

「あら、それは多うございますよ」

綾は少し驚いて頭を下げた。まさか、宿泊するとは思っていなかったし、金を先に出されては面食《めんく》らってしまう。

「ではただ今、宿帳を持って参ります。いえ、形だけでございますが」

船宿は、舟待ちの客や、町内の旦那衆の社交の場であり、芸妓衆との密会の宿でもある。いろいろの客が行き交うからと、お上《かみ》がうるさいので、宿の方はただの形式で宿帳をつけているのだ。

だが綾が帳場で宿帳を受け取り、再び上がってくると、客は畳の上に大の字になって鼾《いびき》をかいていた。

綾は呆《あき》れてその姿を見下ろした。

御一新の動乱が収まらぬこのご時世に、こんな一見《いちげん》の船宿である。

そこで無造作に眠り込んでしまうとは、よほど腹が据わっているか、ただの世間知らずか、と思ったのである。

江戸が〝東京〟と改称され、慶応が〝明治〟と改元されて一年。

生まれたばかりの新政府はまだ骨組も整っておらず、誰もが困窮の極みにあった。

旧幕臣の一部は、徳川家を慕って静岡《しずおか》に移り住んだものの、七百万石だった藩は七十万石に削られ、官職にありつける者などごくわずか。

大多数の幕臣は、生きるために刀を鋤鍬に持ち変え奮闘していた。荒地を耕し農地に変え、野菜を繁らせなければならない。

それでも静岡で帰農《きのう》し、生きる活計《たつき》を得た人々は幸いだった。

多くはツテを頼って他郷を彷徨《さまよ》ったり、東京に残って慣れぬ商売に手を染めた。苦しい生活を強《し》いられ、辛酸《しんさん》をなめたあげく失敗した者も少なくなかった。

「今日も、日本橋《にほんばし》のたもとで、お武家さんが物乞いしてたよ」

と客の口から語られ、知り合いではないかと見に行く者さえいた。

版籍《はんせき》が奉還《ほうかん》されたのもこの年である。藩主は知事となった。

悲惨なのは職を失い、徒手空拳《としゆくうけん》で巷《ちまた》に放り出された下級藩士である。

奥羽《おうう》、北関東での戊辰戦争に敗れた元藩士らが、救いを求めて首都に流れ込み、東京府下で浮浪の徒となっていく。

だが新政府には未だ策がなく、無法状態が続いている。

夜間は提灯なしの歩行を禁じられた。篠屋の若い船頭が、夜、五つ（八時）過ぎに無灯火で町を歩いていて捕縛《ほばく》されたこともある。

明治二年はそんな年だった。

翌朝は雨が上がって、陽が眩《まぶ》しくきらめいていた。

六つ半（七時）に綾が起こしに行くと、二日酔いで寝坊していると思いきや、客はすでに布団を畳んで隅に積み上げ、背筋を伸ばして文机《ふづくえ》に向かっていたのである。

名前を書いてほしいとおずおず宿帳を差し出すと、客は手にしていた筆で、さらさらと無造作に書いて差し出した。

「有難うございます」

と受け取ってみると、そこには〝遠山翠《とおやまみどり》〟というあまり聞かない名が、達筆《たっぴつ》で書かれている。綾はその字をしげしげと見つめた。

翠とは〝みどり〟と読むのか。まさか〝かわせみ〟とは読むまい。〝助〟とか〝郎〟の字で終わるのが普通の侍の名としては、変名だろう。

だが何と読むかは訊かなかった。

「宿帳なんぞ、お役人がうるさいからつけるだけ。船宿じゃ不粋《ぶすい》なことは訊かないもんだよ」

と日ごろからおかみに言われている。旅籠《はたご》と違って、身分証である道中手形の提示なども求めない。

そんなものと綾も思ってきたが、ここに書かれている達筆な筆さばきを見ていると、ついあれこれ想像してしまう。

　こう世の中が混乱していると、逆に身許も知れない一見の客にも、ささやかな手触りを求めたくなることがある。変名と思いつつ、ためつすがめつしているうち、一つだけは推測された。

（このお方、文人墨客《ぶんじんぼっかく》ではないかしら）

　そんな綾の沈黙が気になったのか、相手はチラと振り返った。

「ああ、ご朝食はいつごろお持ちしましょうか？」

　慌てて綾が言うと、朝飯か……と少し頰を和《なご》ませた。

「すぐに頼む」

　朝の光の中で見る〝遠山翠〟は、引き締まった逆三角形の顔の中で、濃い眉と切長な目が凜々《りり》しい、印象的な顔だった。ただ昨夜は色白に見えた肌は、日焼けして思ったより浅黒い。

　伏し目がちでどこか内気そうに見え、襟元や袖の下から覗く肌も白かった。時々咳き込むことがあり、やはりこのお方は白皙《はくせき》の文人墨客に違いない、との思いを強めた。

　遠山翠は黙々と朝食を済ませてから、再び文机に向かい、何やら書き物に没頭し始め、綾はそっと座敷を出た。

昼近くなってまた部屋を訪れ、覚書《おぼえがき》（請求書）を差し出すと、遠山はそれを手に取って、じっと見て言った。

「この部屋にもう二、三日泊まりたいが、宿の都合はどうだろう。宿賃は先払いでも構わんよ」

と言ってにこりと笑った。

無銭飲食や無銭宿泊などが、あちこちで頻発しているのを気にしてのことだろう。その邪気《じゃき》のない笑顔に、綾は思わず見とれた。


その翌日の午後のこと——。

綾が買い物に出掛けようと身支度していた時、篠屋の玄関先に、太い男の声がした。

玄関番の甚八《じんぱち》は湯屋に出かけたきりだ。お簾は、柳橋のおかみ連が集まる昼食会から、まだ帰っていない。

やむなく綾が出てみると、浪人ふうの中年男だった。

「ああ、ちょっと訊きてえんだが、こちらにクモイタツオと名乗る侍が泊まっておらんかな。柳橋近くの船宿と聞いたんで……。手前は知り合いの者だが」

「折角《せっかく》でございますが、そのお名前の方は宿泊されておりません」

と綾は、鸚鵡返《おうむがえ》しに答えた。

「あいや、別の名前を使ってるかもしれん。見たところ男前の……」

「いえ、どなたもお泊まりの方はおられません」

遠山のこととは察したが、本人は昼前から外出して留守である。

篠屋の泊まり客を訪ねてくる者は誰であれ、原則的に取り次いではならないのだ。

「しかし……」

とさらに何か言いかけたが、この問答《もんどう》が聞こえたのか、奥から千吉《せんきち》がそれとなく顔を出し、咳払いをした。

すると男は、どうも……と頭を下げそそくさと出て行った。

船宿という所は、奥にいつも屈強な船頭がごろごろしている所、と知っていたのだろう。喧嘩になれば幾らでも加勢するから、まず勝てないと相場は決まっている。

千吉に礼を言って出ようとすると、ちょうどおかみが帰ってきたので、綾は一応の事情を報告して、外に出た。

すると背後から千吉が続いて出てきた。

「その辺まで一緒に行っていいかい」

「ええ、どうぞ」

何か話があるのだろうと綾は察し、川べりの通りに出た。

「あの二階のお客だけどね、今日で三日目だ。いつまで泊まるの？」

両国橋が見えてきた辺りで、千吉が言った。

「さあ、もうそろそろと思うけど」

「身辺を嗅ぎ回ってる奴がいるんじゃ、どうも危ないね」

背後を振り返り、周囲を見回してから、囁いた。

「昨日も妙なことがあったそうだよ。いや、さっき竜太《りゅうた》から聞いたばかりだけど」

「え……」

綾は、首ひとつ高いひょろりとした千吉を、無言で見上げた。

昨夕、昌平橋《しょうへいばし》辺りで竜太の舟に乗った町人ふうの男が、

「船頭さん、篠屋だろ。お宅に泊まってるお侍のこと、ちょっと聞かしてくんな。なに、知り合いの女に頼まれたんでな、ここだけの話よ」

と二朱銀《にしゅぎん》を竜太に握らせ、名前やいつまでいるのか訊いたという。

「ところが竜のやつ、客のことは何も知らねえってんで、金を返したそうだ。めでてえやつと思ったが、さっきの話を聞いた限りじゃ正解だった。あの客、本当にクモイタツオじゃねえのかい？」

「宿帳に書かれた名前は、遠山翠よ。千さんは、クモイタツオって名前について、何か知ってるの？」

「知らねえけど、何かクサい。どっかで名を聞いた、注意人物だよ」

「それが勘《かん》ていうわけ？　相変わらず下《した》っ引《ぴき》ね」

とからかうと、千吉は肩を少しそびやかした。

「それを言うなら、もう下も岡もねえよ」

奉行所は、去年（慶応四年）四月に廃され、もうこの世に存在しない。

翌月には北町奉行は北市政裁判所、南町奉行は南市政裁判所となり、小伝馬町牢屋敷は〝鎮台府《ちんだいふ》〟の管轄下に入ったのである。

だが岡《おか》っ引などの曖昧《あいまい》な身分は、どこにも組み込まれず、今のところ失職中だ。

市中警備は〝兵部省《ひょうぶしょう》〟に任されていたが、治安は少しも良くならない。

いずれ各藩から兵士を集めて〝府兵《ふへい》〟なる組織を作るそうだが、目下、町を守るのは町内の自警団《じけいだん》だけだった。

町によっては元同心らが、密かに町兵を集め、独自な警備を続けているという。千吉が午後遅くフラリと出て行くのを皆が黙認しているのは、あるいは……と思わないでもない。

ただあの遠山翠について綾は、怪しい人間とは思えなかった。あんな天真《てんしん》に笑える人はそうはいない。

ただ挙動不審ではあった。〝雨宿り〟などと洒落《しやれ》て入ってきたが、本当は事件に巻き込まれて、身を隠せる宿を探していたかも？　〝貧書生〟にしては懐具合が悪くないのも、怪しいと言えば言える。

わずか三日足らずの付き合いで気付いたのは、遠山は細心な男であるということ。ゴミの類いや書き損じなどは決して部屋に残さず、出かける時は丁寧に拾って外に持ち去った。乱れた夜具さえ見せず、綾が部屋に入る時はいつも起きていて、布団はきっちり畳んであった。

昨日もこの日も朝食を終えると、さして周囲を気にするふうもなく、散歩と称して飄々《ひょうひょう》とどこかへ出掛けて行った。

今朝は、朝食の膳を下げに行くと、遠山は床の間の前に座って湯吞で茶を啜りながら、掛軸を見ていた。

そこには川辺に一面に咲く、秋海棠《しゅうかいどう》の花が描かれている。

実は綾はつい先日、掛軸を冬用に変えようと思い立ち、別のものを蔵から出してきたが、愁《うれ》いに満ちた秋の花の風情《ふぜい》を惜しんで、そのまま掛けていたのである。

「そろそろ絵を変える時期なのに、つい花に引き留められました。その花〝秋海棠〟ですけど、お好きですか？」

綾は笑いながら問うと、遠山は頷き、思いのほか熱意を込めて言った。

「うん、本当は春の〝海棠〟が好きだけど、秋海棠もいいねえ」

海棠は春に咲く、桜に似た花。

秋海棠は、その海棠に似た秋の花だ。

綾と遠山は少しの間、黙って花の絵を眺めていた。ただそれだけのことだが、綾には何故か心楽しいひと時だったのだ。

二

「ま、お客様には、後で一言注意しておくね」

と綾は言って、橋の袂《たもと》で千吉と別れた。

両国橋界隈は人出が多く、それをかき分けるように、駕籠《かご》や棒手振《ぼてふ》りが巧みに駆け抜けていく。綾は橋に向かって数歩歩きかけて、ギクリと足を止めた。

人混みに混じって両国橋を渡ってくるのは、噂の主《ぬし》ではないか。

地味な身なりで、あまり風采《ふうさい》は目立たないが、何故かその姿は真っ直ぐに綾の目に飛び込んできた。思わず振り返ると、千吉はそのまま大通りを渡って広小路《ひろこうじ》の方へと消えて行く。

遠山はすでにこちらに気が付いていて、歩きながらじっと視線を送ってくる。綾は慌てて頭を下げ、橋の袂に寄って遠山を待ち受けた。

「お出かけですか」

いつもぶっきら棒な遠山だが、今は珍しく笑みを浮かべていた。

「お帰りなさいまし。すぐ戻りますから、後でお茶をお持ちします」

例の件はその時伝えようと思ったのだが、通り過ぎかけて、話すのは早い方がいいと思い直した。

ああ、遠山様……と足を止め、素早く辺りを見回した。誰もこちらを見ている者はいないのを見定め、とっさに襟元を正して言った。

「つい先ほど、遠山様を訪ねてみえた方がおりました」

「え、宿に？　誰が？」

「はい、三十五、六に見えるお侍で、知り合いだと仰って。ええと、クモイタツオ様……というお方が泊まっていないか、お探しでした」

遠山の濃い眉が翳り、何かの表情が駆け抜けた。

「もちろん、そのような名のお方はいない、とお断りしましたが……。うちの船頭から聞いた話では、昨日、舟に乗ってきたお客様からも、同じようなことを訊かれたそうです。お気をつけくださいまし」

「ふむ」

驚いたように唸り、さりげなく綾を両国橋に導いた。

背後の通行人の視線を気にしたのだろう。橋半ばで欄干《らんかん》に寄りかかり、並んで川を眺めていれば、誰からも見られない。

「いや、追い返してくれて有難う。ただ……綾さんに誤解されたくないからあえて言うけど、私は怪しい者ではない」

言ったとたん、あはは……と笑いだした。

「自分でそう言う奴に限って、怪しいもんだ」

綾も笑いだした。誰に狙われているかより、宿の女にどう見られるかを気にするなんて。このお方、見栄っ張りかも……と。

「だけど、考えてみるとたしかに、どうも私は怪しいやつだ。ははは……。まあ、いろいろ事情もあるんでね」

と遠山は呟き、独白めいてこう言った。

しばらく在《ざい》に引っ込んでいて、今回久しぶりに出てきたのだが、江戸は東京となって、ずいぶん変わった。そこで、かつての仲間や友人と旧交を温めたくて、皆に手紙で連絡を取ったという。

それからひと月経ったが――。

「手紙は出したものの、実は自分の居場所は、まだ誰にも知らせてない。少し思うことがあって、急に世間から身を隠したくなった……。出来ることなら時間を止めて、一人で考えごとをしたかったんだ」

と呟き、声が途切れた。

川からは、水の匂いと、船の櫓《ろ》の音が押し寄せてくる。

沢山の船が競うように川を滑って行く様《さま》に目を奪われてか、遠山はしばし無言で眺めていたが、思い直すように続けた。

「自分の荷は、親しい寺に放り込んだまま、転々と住まいを変えた。駒込《こまごめ》、下谷《したや》、小《こ》石川《いしかわ》、金杉《かなすぎ》、汐留《しおどめ》、新橋《しんばし》……」

渡り歩いたのは、恩師の家や、知り合いの寺、そして最も快適だったのは船宿だという。

「ここで五軒めになるけど、船宿は気楽でいい。特に自分みたいな風来坊にはね。ただし連絡を受けた連中は、なしのつぶてを不審がって、寺に問い合わせただろう。皆で捜し回り、宿を探し当てた……、そんなところかと思う。やっぱり遠山は怪しいやつだよ」

「迷うことって、誰にもあることだけど」

と綾は、我が身を振り返って言った。

「でも、実際に時間を止めてしまった遠山様って、凄いお方ですね」

「…………」

遠山は何か言おうとして笑顔を向け、だが黙ったまま、欄干に掛けていた綾の左手をぎゅっと握った。

その手は熱く、その笑顔は無心で美しかった。

三

しかし四半刻《しはんとき》（三十分）後、綾が買い物から急いで帰ると、遠山翠はすでに篠屋を引き払っていたのである。

「至急の用が出来たので」

とおかみに断り、宿代をきっちり精算して、出て行ったという。

綾は呆然とした。

思いのほか落胆している自分が、意外に思えた。どうやら自分は、すぐ茶の支度をして遠山に届けることに、少女のように胸をときめかせていたようだ。

わずか二泊三日だったが、ただの下働きの綾に、遠山は思いがけない素顔をチラリと見せてくれたような気がした。

何かを胸に秘めた身で、時間を止め世間を絶った遠山は、たぶん誰かと話したかったのだ。そこに、まだ二十代半ばの遠山の若さが、のぞいていたと思う。そんな時、たまたま近くにいたのが綾だったのだろう。

クモイタツオについては本人に訊きそびれたが、世間ではたぶん、そちらの名前で通っているのだろう。

「あ、そうそう……」

とお簾は帯の間から、折り畳んだ一枚の紙を取り出して渡した。

「何か漢詩が書かれてるけど、これ、綾さんに渡してくれって」

部屋に戻ってその紙を開いてみると、そこには漢詩の一節が薄墨で書かれていた。

おそらく自作の長詩の、出だしの一部分だろう。

〝長詩「雨中、海棠を見て感あり」より抜粋〟

と断り書きがあり、その後に、四行ほどの漢詩が続いていた。

綾は漢詩は不得手《ふえて》ながら、ザッと読み下してみると、海棠の花の紅が、雨に濡れて愁いに沈んで見える様を詠《うた》っているようだ。

緑は雨にうるおい紅は沈んで、悄《しょう》として力無い。
何をそんなに愁うるかと問うても、
花は黙して語らない……

それは流麗《りゅうれい》で静かに胸を打つ、いい詩だと感じた。

海棠は、桜が散るころに咲く艶かしい紅色の花である。冒頭に〝海棠を見て〟とあることから、書かれたのは早くても、この春だろう。

〝花の愁い〟は、おそらく心に傷を負った作者の憂《うれ》いの投影ではないか。もしかしたら今年の花の季節に、作者は何か不幸な出来事に出遭い、その愁いを海棠の花に託して、この詩を書いたのかも……。

今朝、たまたま秋海棠が話題となったため、自作の〝海棠〟の詩を思い出し、別れの言葉に変えてその一部を書き移したのだろう。

綾はそう想像し、遠山翠はやっぱり詩人だった、と思う。

今は、もっといろいろ訊けばよかったと悔やまれるが、あの時はあれで終わりとは思いもしなかったのだ。

遠山翠、クモイタツオ、漢詩、詩人、ひと月ほど前の上京……。

後に残されたのは、これだけの言葉である。判じ文のようなこの断片を何度読み直しても、何ひとつ浮かんできはしない。

その夜、一杯呑んで帰ってきた千吉に、遠山の話をすると、

「えっ、何だ、もう引き払ったんかよ」

と驚きひどく落胆したようだった。

「どうかしたの」

「いや、どうもしねえけどさ、あのお侍、もしかして……うん、もしかしてだけど、米沢藩《よねざわはん》の人じゃねえかって思ってるんだ。で、今夜、何か話しかけてみようかと思ってた……」

「どうして米沢藩？」

綾は訝《いぶか》しむように、千吉の細長い顔を見た。

「訛《なま》りなんか、特になかったじゃない」

「もし藩の探索方だったら、まずは江戸言葉を学ぶからね」

「でも、どうしてそんなふうに思ったわけ？」

「あのな、悪いけど綾さん、あと二日待ってくれ」

と千吉は手を合わせた。

「ちょっと引っかかることがあるんだ。で、話を聞けそうな友達を思い出したんだよ。実は、今夜、あのお客と話して、それを元にして明日友達と呑んでいろいろ訊く段取りにしたんだが……」

そして二日後の夜、両国橋の行きつけの店から帰ってきた千吉を台所で待ち受け、話を聞いたのである。

「ええと綾さん、おいらの方からまず訊かせてもらうけどね、あのお侍の手拭いを洗ってたのは、四日前だっけな。ご丁寧に、火熨斗《ひのし》で乾してたよね」

いきなり千吉がそう切り出したので、綾は目をむいた。

言われてみればそうだった。にわか雨に遭った遠山は、玄関に飛び込んで土間に立ってすぐ、手拭いを懐から取り出し、濡れた着物をはたいていたのだ。

雨粒を吸ってぐっしょり濡れたその手拭いを、遠山はまた懐に戻そうとした。目ざとくそれを見た綾が預かり、仕事の合間に手早く洗って、さっと竈《かまど》の火に炙《あぶ》り、火熨斗で乾かしたのである。

「ええ、たしかに。火熨斗を当てて皺《しわ》を伸ばして、その夜のうちにお返ししたけど、へえ、千さん、そんなとこ見てたの?」

「目立たない男であいにくだけど、端っこで飯食ってたよ」

「……それで?」

「気ィ付かなかったかな。あの手拭い、ちょっと大きめで、その真ん中に藍色で、雀の模様が染め抜かれてたよね。〝丸に二羽飛び雀〟って、どこの家紋《かもん》だと思う? 米沢藩だよ」

「…………」

綾は目を丸くし、無言で見返した。

千吉はいつからか〝家紋〟に凝《こ》りだしていて、幕藩《ばくはん》体制が崩れた今も、江戸三百藩の家紋をあらかた覚えている、と豪語していた。

それ以上に驚くのは、そんな瑣末《さまつ》なことを記憶して、推理に役立てる千吉の下っ引としての勘の鋭さだ。

「いや、手拭いなんぞ、進物《しんもつ》や挨拶代わりに使われるもんで、それだけじゃ何とも言えねえさ。ただ、あれは大きくて紋が真ん中にあった。おそらくあれは、剣道用手拭いだろう」

剣道用手拭いといえば、剣道の時、面《めん》の下にきりりと巻くものだ。

「……であればふつう、本人が古くなるまで使うよね。いや、ここらで種明かししよう。あの手拭いから、おいら、下っ引仲間の幸助《こうすけ》ってやつを思い出したんだ」

その父親が米沢藩の足軽《あしがる》で、どんな事情からか、十七の時に、深川《ふかがわ》の廻船《かいせん》問屋に奉公に出された。だが、武士の出を誇りにしているため、奉公しながら下っ引を引き受けていた。大店《おおだな》などでは、店の手代あたりから下っ引を出すと奉行所の受けが良く、情報も入手しやすいのである。

「そいつとたまに呑むと、よく故郷の話になる。実家は武士だそうで、おいら、家紋を見せてもらったことがある。クモイタツオって名も聞いたんだ。昨日会って、ちゃんと漢字を教えてもらった。上は雲井《くもい》、下は龍雄《たつお》……」

と指で、空中に書いてみせる。

「雲が、龍のように湧き立つわけ？」

「詩人なんだそうだよ、この人は。むろん志士として、米沢藩じゃ絶大な人気があるらしい。特に若い藩士からはね」

米沢藩を誇りとする幸助は、奉公先の廻船問屋の手拭いより、〝丸に二羽飛び雀模様〟の手拭いを大事にしているという。

昨日、両国橋の呑み屋に呼び出し、クモイタツオのことを訊いてみると、幸助はここぞとばかり語ってくれたのだ。

その話に、後で知った情報を加えると——。

雲井龍雄、本名は小島《こじま》龍三郎《たつさぶろう》。米沢藩士の家に生まれる。

少年時代から利発で、負けず嫌いの勉強家で、徹夜の勉強も珍しくなかった。早熟でもあり、恵まれた漢詩の才を駆使して、早くから情熱的な詩を詠んだ。

藩士となっては自ら探索方を望み、二十一で江戸詰めとなって、桜田《さくらだ》藩邸に在勤。儒者安井《やすい》息軒《そっけん》の私塾『三計塾《さんけいじゅく》』に入門する。

長州の桂《かつら》小五郎《こごろう》、品川《しながわ》弥二郎《やじろう》ら、有能な人材が集まっていたこの塾で、遠山の詩才と鋭い弁舌は周囲を圧し、塾頭にも選ばれた。

　また王政復古《おうせいふっこ》の年、藩命で京に潜行した時は、長州の広澤真臣《ひろさわさねおみ》や土佐《とさ》の後藤象二郎《ごとうしょうじろう》らと活発に交わり、広く情報を収集して藩に送って、上層部の評価を得た。職務柄、幾つかの変名を使っていたが、〝遠山翠〟はそのころの名で、〝雲井龍雄〟は明治元年ごろからという。

　京の朝廷では、人材を広く集めるため、諸藩から藩を代表する貢士《こうし》なる官吏《かんり》を選出させたが、米沢藩からは遠山が選ばれた。

　だが大坂《おおさか》に発した戊辰戦争は、津波のように奥羽諸藩を呑み込んだ。

　米沢藩は当初は、佐幕派《さばくは》として、会津《あいづ》や仙台《せんだい》らと奥羽越列藩同盟《おううえつれっぱんどうめい》を結成し、天下分け目の戦に突き進む。

　この同盟の理論的背景を担ったのが、遠山だった。

　遠山は、徳川の政権を奪うための薩長の卑劣な戦術に憤激《ふんげき》していた。

　特に策謀《さくぼう》の多い薩摩のあり方を否定し、〝薩長政権〟は認められぬと、自ら檄文《げきぶん》を起草《きそう》して奥羽諸藩に配ったほどだ。

　その『討薩《とうさつ》の檄』は〝まつろわぬ者〟としての遠山の名を高め、自身もまた北関東に潜行して戦い、前線の兵士の士気を鼓舞《こぶ》し続けたのである。

　だが藩は越後《えちご》線戦で敗退し、新政府に降った。

西軍の東北進攻が始まると、新政府に寝返った米沢藩にも、〝会津藩攻略〟の密《みっ》勅《ちょく》が下る。すでに勝利は決まっていたから、米沢藩は新政府側に加わり、それまで討薩の主戦派だった雲井を閑職につけて謹慎させた。

それが解かれたのは半年後、つまり今年の六月。

時を同じくして、全国諸藩の版籍は奉還され、米沢藩は米沢藩庁となった。薩長の新時代が、目前に開けたのである。

（これから何をなすべきか？）

そう自問した雲井は、天下の形勢を探るため、東京に出ようと考えた。在京の旧同志らの呼びかけもあった。江戸で〝打倒薩摩〟を誓い合ったヒリヒリするような高揚感は、今はもうないかもしれぬ。

だが何かが、なお雲井を駆り立てた。

藩庁には〝遊学〟と申し出て認められ、旅費や滞在費は、いっさい藩庁が持つことになった。

やがて上京の途《と》につき、大川を渡って東京の土を踏んだのは、ひと月前の八月半ば。すでに秋風の吹く首都を目前にして、〝雲が地平線に湧き上がる〟ごとき高揚を、覚えたに違いない。

「この雲井龍雄は、漢詩の達人でもある」

と千吉は複雑な顔をした。

「まだ二十六だそうだ」

「へえ、知らなかった、凄い人なのねえ」

と綾が思わず言うと、いつの間にかそばで聞いていた母親のお孝が口を挟んだ。

「千吉とあまり変わらないじゃないか、なんでそう違うんだろう」

綾は笑ったが、雲井という人物にはやはり複雑な思いがあった。

まだ動乱の残り火がぶすぶす燻る戦場である東京で、あの人は何をするつもりなのかと……。

四

それから数日後――。

今は寺に戻っていた雲井龍雄は、神田川のほとりを歩いていた。

少し風があって、どこからか焚き火の煙が流れてくる。

目深《まぶか》に被った編笠から、川べりに広がる草地や広場を見やると、そこにたむろする男たちの群れが見えた。

九月も末の風がそぞろ身に染みるのか、焚火を囲んで暖をとる集団が幾つかあった。そばを通ると不穏《ふおん》に目をぎらつかせるあたり、あてどない浮浪の徒だとすぐに知れる。版籍奉還の新体制からはみ出した、諸藩の浪士だろう。

雲井はそうした光景を横目に見ながら、桜田藩邸に自ら出頭し、叱責を受けてきたところである。

篠屋に一人の男が乗り込んできた、と女中の綾から聞いた時、藩庁の手の者だとすぐに見抜いていた。かつての同志や友人だったら、名前を残していくはずだ。

米沢藩庁には、〝東京に着いたらまず桜田藩邸に顔を出すべし〟という鉄則がある。かつて藩の探索方として江戸や京を駆け回った雲井が、それを知らぬわけもない。

そんな歴戦の士・雲井が、決まりを無視し、顔も出さぬまま姿をくらましたとなれば、あらぬ疑いをかけられても仕方がない。

後で聞いたことだが、藩邸では探索方を放って、雲井の居場所を捜させた。昔の同志のもとへも、何度か探りに来たらしい。

（もう版籍もなくなった現在、藩邸でもなかろう）

というどこか不逞《ふてい》な気分が、雲井の胸の底にあった。

今後は藩庁とは一線を画し、なるべく距離をおこうと考え始めていたのだった。

今の藩庁は、かつては主従一体だった往年の米沢藩とは違う。

〝遠い緑の山河《さんが》〟に囲まれた故郷を愛する雲井は、藩に忠誠を誓い、果敢《かかん》に薩摩攻略を説いて回った。そんな若き情熱に応え、藩は朝廷に出入り出来る貢士の職に、迷わず雲井を選んでくれたのである。

だが今は、時流に乗り遅れまいと新政府に媚《こ》びへつらい、権力集中に画策する薩長を、嬉々として助ける臣下《しんか》に成り下がっていた。

民を無視して、未来があるだろうか？

藩はだんだん、遠くなっていく。

自分の取るべき道は、そこにはないのではないか？

そう自問する雲井の危機感と憂鬱《ゆううつ》を、あるいは藩庁は見透かしたのかもしれなかった。〝雲井消息不明〟の報に、目の色変えて行方を捜させたのは、今までは一片のかけらもなかったあらぬ疑惑が、それこそ雲が湧き立つように広がったからだろう。

今この時、身内に謀反者《むほんしゃ》が出ては、米沢藩庁の存在は危うくなる。

その危険とは、

（雲井は地下に潜《ひそ》み、昔の同志を集めて暴動を起こす下心あり）

というものだ。

しかし雲井を捉えていたのは、暴動などではなかった。

旧同志らと語らいたかった。〝何か出来ること〟を探りたい思いに駆られていた。

米沢を発《た》ち、もう秋の装いの懐かしい山河を後にしながら、海棠の花の咲く春を待つ思いだった。

だが東京に着き、徳川の旗本や諸侯が去った後の、もぬけの殻《から》の市街を通り抜けた時、その惨状にたじろいだ。

かつては行き交う人々で賑わった大通りに人影は途絶え、空き家が多く、どの軒先も暗かった。閉門した大名屋敷の庭は荒れ果てて雑草が生《お》い茂り、壮麗《そうれい》を誇った大名小路の練塀《ねりべい》は崩れ、門も屋敷も腐食して、小動物が戯《たわむ》れる廃墟《はいきょ》と化していた。

それでいて巷は、騒然としているのだ。

浮浪の徒があちこちにたむろする一方、それを追い払うべく新たに入府《にゅうふ》した諸藩の兵の、横暴で粗野《そや》な声が響き渡る。

遠くから響く、逃げ散る者らの叫び声や罵声《ばせい》。それが、今の東京に満ちている怨嗟《えんさ》の声に聞こえて仕方がなかった。

人々は困窮し、息を潜めて時の過ぎるのを待っている。

（この自分に何が出来るだろう？）

と改めて、じっくり考えたかった。

雲井は昨年あたりから、体調に僅《わず》かな変化を感じている。

激しく咳き込んだ後、痰《たん》にぽっちりと血が混じるのだ。

以前はどんな迷いをも、目の眩《くら》むような情熱が焼き尽くしたが、今はそんな情熱も消えていた。どこかに淡い無力感が漂う中で、

（もっと先に何かがあるはず、もっと何か出来るはず……）

と、まだ見ぬ未来に賭ける想いが先走る。

自分は言葉を操《あやつ》るばかりの無力な一志士に過ぎない。何か成すには、まだまだ勉強も経験も不足している。

勉強をし直したい。そんな思いが、最近とみに強かった。

思い切って動乱の日本から海外に飛び出し、先進国の政治のあり方や歴史を学ぶのはどうだろうと。

だがそれはそれとして、今の自分の立場に潜む危険に気づいている。

旧同志と会ったり、徒党を組むことは、藩や新政府にあらぬ疑いを抱かせるのではないだろうかと。あえて皆と会わずに居所を転々とし、身を隠していたのは、そんな

気遣いからだった。

だがそれはまた下心を疑わせ、相手の警戒心を刺激したようだ。

少なくとも藩をあくまで自分の味方とし、いざという時に自分を庇護してくれる守護神としなければならぬ。

そう考え直して、自ら藩邸に出頭したのである。

「おう、来たか」

藩邸の執務室でようやく面会した公用人（留守居役）森三郎《もりさぶろう》は、何ごともなかった
ように穏やかに言った。

雲井の出奔に慌てふためき、猛烈な探索活動を展開していたことなど、おくびにも
出さない。

「当方に手違いがあり、まことに失礼仕りました」

と一礼して簡素に詫びた雲井に、追及や叱責の言葉もない。

「どうだ、東京は？」

「は……。町も人心も荒れておりますな」

「うむ、東京はこれからだよ」

「しかし、人心を掌握《しょうあく》するには時間がかかりましょう」

「なに、徳川の旧政を懐かしむのは、ほんの一時のことよ。江戸の民は勤勉だが、新し物好きで、忘れっぽい。その証拠に、あれだけ毛嫌いしておった官軍のトンヤレ節が、今は大流行しておるではないか」

森公用人は、淡々と言った。

「まあ見ておれ、あっという間に東京は、甍《いらか》を争う日本一の大都市になろう。ま、下手にあがいて朝敵《ちょうてき》に列せられるより、まずは隠忍自重《いんにんじちょう》して形勢を見ることだ。我が先君らは常にそうして難局を乗りきり、この明治の御代《みよ》まで藩を護ってきた。なまじな浅慮《せんりょ》で、元も子もなくしては、先君に顔向けが出来んことになる……」

と手にした扇子《せんす》を鳴らし、遠回しにチクリと皮肉を口にした。

そして垂れ目の目をむくと、言った。

「ところで、集議院《しゅうぎいん》の方はどうなっておる？」

「は……」

雲井は両手をつき、再び頭を下げた。

「このたびは、お口添えを、有難うございました。その儀は、謹んでお受けすることをご報告申し上げます」

実は今日の藩邸参りには、もう一つ、森公用人に報告するべき事案があったのだ。

新政府は今年の七月に官制改革を行って、立法機関である公議所を、〝集議院〟と改めた。今までの立法府を、さらに民間や諸藩からの意見を広く取り入れる、諮問《しもん》機関としたのである。

議員は、諸藩の貢士から選ばれると決まったため、そこに着目し、論客《ろんきゃく》・雲井を推薦しようと考えた知恵者が、明治政府にいた。『三計塾』で雲井と親交を結んだ、飫肥《おび》藩出身の稲津済《いなづわたる》である。

稲津は、集議院を運営する公務人になっていた。

まだ居所も定まらぬ雲井を集議院入りさせれば、生活も落ち着くし、議院も活性化されよう。そう考えて、運動し始めたのだ。

最初に森公用人に話を持ちかけると、二つ返事で同意を得た。

恩師息軒も、喜んでこの案を支持した。

「万機公論《ばんきこうろん》に決すべし」……の理念が、集議院に生かされると思ったからだ。諸藩から選出された貢士によって、民の意見が広く取り上げられてほしいと、期待してのことである。

雲井本人も、半信半疑とはいえ、この話には乗り気だった。

「これから薩長政権に乗り込んでいくのだ。まずは誤解されそうな交友を整理し、身綺麗《まっさら》になるべきだ」

という稲津の助言を得て、旧同志を集め心血を注いだ昔の〝討薩〟の盟約を、解いたのである。

時勢は変わったのだ。旧態依然《きゅうたいいぜん》の誓約は、疑惑を招く危険材料でしかない。当面は同志や仲間をも、遠ざけなければならぬ。

雲井はそう思った。

心中深く、期すものがあったのだ。

九月二十三日巳《み》の刻（午前十時）。

雲井龍雄は、米沢藩庁公用人の森三郎と共に集議院に出仕し、正式に〝集議院寄宿生〟に任命された。すなわち明治政府に雇われたのである。

そしてその日から、集議院寄宿所に入って、新しい生活を始めた。

五

柳橋は、この年の春から秋にかけて、息を吹き返した。

東京府の武家屋敷が集まっていた地区には空家が多く、夜ともなれば漆黒《しっこく》の闇に沈んだが、柳橋や、吉原、新橋などの花街は、以前よりも不夜城の輝きを増した。

特に柳橋は、新政府のお歴々に人気があった。

評判はかねてから響いていたらしく、新政府が誕生すると、岩倉具視《いわくらともみ》主催の大宴会が、柳橋一の高級料亭『萬八楼《まんぱちろう》』で催されたのである。

その自前の船着場からは、猪牙舟《ちょきぶね》が直《じか》に客を吉原に運んだ。

それからは競うように柳橋で宴会が開かれ、広くはないその通りは、日暮れ前から芸妓や酔漢《すいかん》や物売りなどが行き交った。

神田川べりの船宿もそのおこぼれに預かってか、賑わっていた。

『篠屋』の台所も活気づいており、酒や野菜の配達人や、棒手振り、薬売りなどが慌ただしく出入りし、さまざまな情報を運んできた。

そんな十一月初めの、川風が冷たい夕方——。

篠屋に久々のお客があった。

店主富五郎《とみごろう》の盟友で呑み仲間の、真海《しんかい》和尚である。

「今夜は冷えるから、熱燗《あつかん》で、湯豆腐をたのむ」

といつものように、自慢の自家製の豆腐を、どっと台所に持ち込んだ。

寺で作る豆腐は固く締まっているので、篠屋の厨房では〝岩石豆腐〟と呼んで、あまり人気がない。

ただ和尚は、鍋で煮るだけではない食べ方を、よく伝授した。

この日も、〝大山崎油座《おおやまざきあぶらざ》〟の荏胡麻油《えごまあぶら》……という京の山崎郷で作られてきた伝統の油を持参。

「この油座を構成するのは八幡宮《はちまんぐう》の神人《じにん》だからして、神に奉納《ほうのう》する有難い油なのである」

と前置きし、これを醬油と共に少し垂らしてやっこで食すべし……と台所の上がり框《かまち》に腰を下ろして、披露してみせる。

その間に綾は奥座敷の行灯に火を入れ、火鉢の火をかき熾《おこ》した。

やがて富五郎が冷たそうに手をこすり合わせながら帰ってきて、和尚と共に奥座敷に入る。

和尚の接客については、いつも綾に決められていたから、にわかに忙しくなった。

鍋汁にぐつぐつと細かい気泡が立ち昆布《こんぶ》が匂いたつと、豆腐は煮えている。健啖家《けんたんか》の二人は旺盛《おうせい》に豆腐を頬張り、鍋に隙間が出来ると、綾が新たな豆腐を放り込む。

熱燗のお代わりが一段落すると、富五郎と客人は少し声が低くなり、外ではあまり口にしない噂話をヒソヒソと始めたのである。

何度か座敷に出たり入ったりするうち、ふと胸が高鳴った。和尚の口から出た名前が、耳に引っかかったのだ。

（クモイタツオ……？）

どうしてこの老齢の仏教者があの人を？

綾は忙しく火鉢の火をかき熾し、新しい炭をついで耳をそばだてる。

忙しさにかまけ、あれから雲井がどうなったか知らなかった。

だが和尚の説明によれば、ほぼ一か月後の九月末ごろ、米沢藩庁と新政府公務人の推薦を受けて、正式に集議院議員になったという。

「ほうほう」

と富五郎は、盃を傾けながらしきりに頷いた。

（お若いのに！）と綾は我が事のように誇らしい気がした。そうした議員に推薦されるのは、社会的な信頼を得ているからに違いない。

だが続きがあった。和尚がさらに言うには、雲井はその議員を一か月足らずで〝辞した〟という。というより、そうせざるを得ない状況に追い込まれ、〝辞めさせられた〟のである。

雲井は一編の詩を残し、荷物をまとめて寄宿所を去った。目下、数寄屋橋《すきやばし》河岸の船宿『稲屋《いねや》』に止宿《ししゅく》しているという。

この稲屋とは、雲井が上京して来た時、米沢藩庁の森公用人から紹介された宿である。桜田藩邸に近く、公用人や藩士も時々利用しており、その利便性からして推薦に足る宿なのだろう。

当初、雲井はそこを宿にした。

ところが、藩庁に顔を出さないばかりか、数日で、飄然《ひょうぜん》と行方をくらましてしまった。藩庁は驚き慌て、躍起《やっき》になって探したという。

戊辰戦争での〝討薩〟の主導者・雲井の上京を、新政府側はもちろん、藩庁もそろそろ警戒し始めたのである。

それに懲りたのか、今回は無難に稲屋に逗留《とうりゅう》し続けていた。

それどころかこの降って湧いたつれづれを楽しむごとく、『密雲寮《みつうんりょう》』という芝増上寺《しばぞうじょうじ》山内の学寮に通い、高僧から学問を学んだり、笙《しょう》や琴を習い、はたまた生け花師匠について花を活けるなどして、風流三昧で過ごしているという。

「ふーむ……綾はどう思うね？」

いきなり富五郎の声が飛んできて、綾は飛び上がりそうになった。

「はい、何でございましょう」

と立ち上がりかけて、富五郎の笑い声が響いた。

「先刻からそこにおるから、聞いてるかと思ったが」

「す、すみません。クモイタツオという名前が出たので、つい……」

「いや、結構結構。実は、お前さんに聞かせようと、和尚にわざわざお越し願ったんだよ。先日、篠屋に泊まった遠山翠こと雲井龍雄が、集議院議員になったとは知らなかったろう?」

「…………」

「それもひと月も経たぬうちにクビになったとはな」

綾は呆気に取られた。このお方は時々、こんな子どもじみた悪戯をする。富五郎は初めから、自分を驚かすつもりで和尚を呼んだのだ。

「はい、初耳でございます。有難うございました」

と綾はひとまず頭を下げた。

「でもまあ、よくそこまで詳しく調べなすって……」

「あいや、わしは何もせんよ」

と富五郎は声を上げて笑った。

「〝異変〟を嗅ぎつけたのは和尚だ。和尚の寺は芝増上寺に近く、門下の学僧が密雲寮……だったか、増上寺の学寮に講義に出ておるからな」

あっ、と綾は驚きの声を上げた。そういうことだったのか、と和尚出現の怪が、初めて腑《ふ》に落ちたのである。

先日富五郎が、さる場所で和尚と顔を合わせ雑談した時、

「最近、増上寺の学寮に、変わり種の若者が、修行僧に混じって通ってきてるらしい。クモイタツオなる米沢藩士で、大変な薩摩嫌いの、反政府の志士だそうだ」

と面白そうに囁いたという。

「先般、東北に移った戊辰戦争では、〝討薩の檄〟なる檄文を書いて、東北や西国《さいごく》の諸藩にも送りつけて有名になった。しばらく米沢で謹慎してたらしいが……、はて、何をやる気かのう」

それを聞いた富五郎は、お簾から聞いて、妙に頭に残っていたクモイタツオの名を思い出した。その時は綾が応対したそうだから、この話を聞かせたら驚くだろう、と考えて設けたのがこの酒席だった。

「ははは、驚いたか。さあ、法話《ほうわ》と思って、お前もこちらに来て話を聞きなさい。さて、今の続きだが……」

と富五郎が腕を組んで話を戻した。

「つまり藩側は、藩邸に近い稲屋に雲井を泊めおき、その動きを監視しようと考えたわけだ。それを見抜いた雲井は、あえて監視下に身を置き、風流を楽しむフリをして、学寮に風流仲間を集めて密談しておると？」

「まあ、そう考えるしかなかろうな。増上寺は徳川家ゆかりの寺だ。身を隠すにはいい所だ。おまけに雲井は勉学優秀、弁舌爽やかな詩人ときておるから、戦場よりややりやすかろう」

多くの浮浪人を出しながら救済策のない新政府への、雲井の激しい批判は、徳川家の菩提寺《ぼだいじ》で学ぶ若い修学僧には、抵抗なく受け入れられただろう。

「民を第一と考える雲井の主張に共鳴し、足下《そっか》に身を投じる僧もいるというから、なかなかの曲者《くせもの》よのう」

しかしまだ新政府側から危険視されている雲井を、この学寮は何故すんなり受け入れたのか、と富五郎が首を傾げた。

「わしもそう思ったがな。ところがどうやら密雲寮は、古くから米沢藩上杉《うえすぎ》家と深い縁があるらしい。藩によく献金もし、金を融通《ゆうずう》してきたようだ。ここにおれば雲井は、安心して風流を楽しめよう。しかしどう風流人を気取っても、若い雲井の本領はそこにはない。あの若者は、どう考えても野を駆ける悍馬《かんば》……、この愚僧《ぐそう》にはそう思えてならん」

と和尚は盃を傾けて一息つき、思い出したように綾を見た。

「そういえばあんたは、この若者と話したそうだね」

「はい。手前には、志士というより、詩人という感じでございました」

言って綾は頭を巡らした。聞いておきたいことがある。

「……一つお伺いしてよろしいですか？　その雲井様は、なぜ一か月たらずで、集議院議員をお辞めになったんですか？」

「ああ、辞めたんじゃない、辞めさせられたんだ」

と和尚は目をしばたたいて、あっさり言った。

「聞いた話、集議院てのは、どうもつまらん所らしいね。明治政府に、政策を進言する場なんだそうじゃが、採決には加われん。いっぱし議論も交わし、激論もするわけだが、その先は立ち入り厳禁だ。決めるのはお歴々の議員というから、ま、喩《たと》えは悪いが、首輪で繋がれた犬の、遠吠えみたいもんかの」

そうと知ってか知らずか、雲井はこの場を最大限に利用し、何度も献策《けんさく》したという。内容は一貫して、この都にたむろする失業士族の困窮ぶりを背景に、その救済を訴えるものだった。

だが一度も用いられることはなかった。

しかし雲井は怯《ひる》むことなく、堂々と自説を主張してやまず、手を拱《こまね》いている同僚議員らにも舌鋒《ぜっぽう》鋭く議論を吹きかけた。それでなくても、自分らの無力に鬱憤《うっぷん》の溜まった議員らは、雲井への非難の声を上層部に向けた。

「米沢の賊魁《ぞっかい》（賊の頭）である雲井ごときを、この神聖なる法曹界《ほうそうかい》に置くとは、諸公の見識を疑う」

こうした批判を前に、上層部は雲井を厄介者《やっかいもの》と思い始めたらしい。

とうとう雲井の病気保養を口実に、集議院から出てほしい、と説諭《せつゆ》した。もとより雲井に未練はなかったが、ただ引き下がるのも業腹《ごうはら》だったのだろう。

〝集議院の障壁《しょうへき》に題す〟という一詩を、集議院の壁に書き残して、立ち去ったという。

「ははは……、言わしてもらえば集議院てェのは、初めから〝うるさ方〟を、収容しておく施設だったんだな。言うだけ言わせてキバを抜こうと。こりゃ、キバを抜かれなかった雲井の勝ちだ」

と富五郎が言った。

六

わけもない深い憂愁《ゆうしゅう》のうちに、雲井は稲屋で新しい年を迎えた。

そんな明治三年も二月に入った、霞《かす》んだような早春の夜ふけ、一人の若者が稲屋を訪ねてきた。

「お若い方で、ハラ……と名乗っておられます」

という宿の者の言葉に、床に入ろうとしていた雲井は眠気が吹き飛んだ。

(原《はら》？　旧会津藩士の原直鉄《なおてつ》か？)

原直鉄とは一昨年、北関東に侵攻してきた東征軍に抗し、同志とともに上州《じょうしゅう》両毛《りょうもう》の地に潜行して、生死を共にした戦友だった。

その地で雲井と別れてからの原は、会津若松《わかまつ》城に入って籠城《ろうじょう》したが、募兵《ぼへい》のため城を脱した先で、落城を知る。父親はその時、白虎隊《びゃっこたい》の面々と共に戦死したと。

原は一人で江戸に逃げたものの、逃げきれないと悟って自首した。

転々と引き回された挙句《あげく》、竹橋《たけばし》御門内に幽閉《ゆうへい》されていたが、小伝馬町の揚屋《あがりや》に移されそうになり、先般脱獄したのだという。

案内されて部屋に入ってきた男は、髭が伸び、顔色も良くなかった。丸顔は少しこけ、どんぐり眼《まなこ》を真っ赤に潤ませていたが、紛《まぎ》れもなく、いつも不屈の闘志を見せていた、二十三歳の原だった。

「お前、竹橋じゃなかったのか！」

思わず雲井はそう叫んでいた。

「はい、一年以上、竹橋御門内の米つき小屋で、ネズミと一緒に暮らしとりました。ですが、ある筋から数寄屋橋河岸に先生がおられると聞いて、脱走に弾《はず》みがつきました！」

「よくやった。ここに来ればもう心配ないぞ。まあ、座れ」

と雲井は座布団を勧め、

「おれはもうすぐ、広い所に引っ越す予定なんだ。ちょうどいいから、そこに隠れておれよ」

領いて涙を流す原に、労《いた》わりの言葉を掛けた。そして宿の者を呼び、まずは原を風呂に入れることと、今夜の宿泊を頼んだ。

酒になったが、原は四半刻（三十分）も経たぬうち酔い潰れた。

「実は、先生が人を集めていると、人から聞いたのですが……」

翌朝、朝食後に素面《しらふ》で向かい合った時、原は態度を改めて、詰りの強い口調でそう問いかけた。

「おいおい、誰がそんなことを。おれはそんな物騒《ぶっそう》な真似はしておらんぞ。おれは、政府から監視されてる男だ。すぐにバレてしまうさ。ただ、こちらから集めなくても、向こうから集まってくる。追い払うわけにもいかんから、当面の世話をしてるだけだ」

「では、先生は、何もせんのですか」

「何も、とは何のことだ？」

「いや……」

原はいかつい眉をひそめ、口を噤んだ。

「まあ、落ち着いて茶でも呑まんか。おれはここで風流を楽しんでる。もっとも、覚えたのは茶の点《た》て方だけだがな、ははは。気の立ってる時は、なかなかいい。戦国武将は、戦に出る前に茶を点てたというが、よく分かる話だ」

雲井は笑って、火鉢で沸いている薬缶《やかん》の湯を使い、織部《おりべ》の抹茶茶碗《まっちゃぢゃわん》に手早くお薄《うす》を点てて、原をもてなした。

「作法《さほう》なんかいらん。そのままズルズル呑めばいい」

自分のためにも一杯淹れて、うまそうに啜ってみせた。その悠揚迫らぬ雲井の態度を見て、原は何を感じたものだろうか。以後、その話は口にしないまま、ずっと雲井につき従った。

原の出現はしかし、雲井にさらなる憂鬱のタネをもたらした。この若者はかつての闘志を雲井に思い出させる……。

三月に入って雲井は、芝二本榎《にほんえのき》にある、久留米藩有馬邸《くるめはんありまてい》の中屋敷を借り受け、稲屋から引っ越した。

新政府から目をつけられている雲井だが、援助の手を差しのべる勢力が、この東京にはまだ脈々と残っていたのである。

久留米藩は新政府に降《くだ》ったものの、中央集権をがむしゃらに押し進めるやり方が気に入らず、雲井に理解を示したのだろう。

だがほどなくその有馬邸から、同じ界隈の円真寺《えんしんじ》と、その隣の上行寺《じょうぎょうじ》に転居する。今の雲井は、さらに広くて静かな環境を必要としていた。

望まぬともいよいよ自分の立場が、鮮明になり始めたのである。

何よりも、周囲に人が集まり始めていた。

雲井の健在を聞きつけて、稲屋を訪ねてくる者が跡を絶たなかった。

西国や九州の有力情報を集めてやって来る、かつての同志たち。

海外に留学し、または大使に随行《ずいこう》して、文明の進んだ西欧の新情報を山ほど運んでくる旧友たち。さらにすっかり落魄《らくはく》して、金の工面《くめん》を頼みに来る者もいた。

それを、雲井は放っておけなかった。

「何でもいいから、雲井先生の下で働かせてくだされ」

という若い信奉者《しんぽうしゃ》が、身近にいた。世話になった稲屋の二男次郎吉《じろきち》で、雲井に接するうち、その人柄に魅了されたらしい。

こうした人々から話を聞き、少しでも識見《しきけん》を広げようとするには、船宿稲屋は狭く、不自然な人の出入りは疑惑の元になる。

何よりもまず、人に煩《わずら》わされぬ仕事部屋が必要だった。

(病を持つ自分はこの先、そう長くは生きられまい。限られた時間で、自分に出来ることは何か？)

集議院を追われてから、そう問い続けてきた。

風流を隠れ蓑として閑居《へいきょ》しつつ、さまざまな情報を集めては時勢の動きを探る日々だった。

明治二年の夏は、版籍奉還後の〝兵制〟の立ち上げで政府は意見が分かれ、騒動が起きている。

大久保利通《おおくぼとしみち》は、薩摩、長州、土佐の藩兵を用いることを主張した。

それに対し、木戸孝允《きどたかよし》や大村益次郎《おおむらますじろう》らが説いたのは、武士団を解体し、藩兵に頼らぬ直属の軍隊の創設だった。すなわち、農兵を募って親兵とする、国民皆兵論《かいへいろん》（徴兵制）である。

そんな激しい対立に揺らぐさなかの九月初め、新軍隊を強く主導する兵部省初代大《たい》輔《ふ》・大村益次郎が、不平士族に襲われて重傷を負ったのである。

即死ではなかったが、その傷が原因で敗血症《はいけつしょう》となり二か月後に死去。戊辰戦争で西軍を率いた大村の〝暗殺〟は、まだ出来上がったばかりの政府に大きな衝撃を与えた。

衝撃波でさらにさまざまなことが起こった。

この事件を踏まえて、鹿児島藩《かごしまはん》知事の島津忠義《しまづただよし》が、朝命《ちょうめい》を奉じ、藩兵を率いて東京に乗り込んだとやら……。山口藩《やまぐちはん》知事毛利広封《もうりひろあつ》が、二千名の藩士を、新政府の常備兵としてほしいと建言《けんげん》したとやら……。

明治政府には、さらに大きな試練が襲った。

二百六十年に及ぶ幕藩体制の解体で弾き出された不平士族は、何百万何千万人に及んだ。その救済をどうするか。

徴兵制になれば、士族の活躍の場は閉ざされてしまう。

といって、薩長土の三藩の藩兵だけ使うとは、あまりに身勝手ではないか。全国津々浦々《つつうらうら》に溢れる不平士族たちに、職を与え救済することが、新政府の役割であろう。

東北の、あの厳しい戦争を生き延びた自分は、命ある限り、政府のこの無法に立ち向かわなければならぬ。雲井はそう思った。

試行錯誤の末に辿りついたのは、そんな目標だった。

嫌われても、政府に耳の痛いことを建言し続け、無駄にされている人材を、新国家の再建に振り向けるよう奔走《ほんそう》しなければならぬ。

(自分がやらなければ誰がやる)

幸いにも明治政府には、長州の広澤真臣、土佐の佐々木高行《ささきたかゆき》ら、これまでに友情を育んだ有能な人士が参議として入っていた。

これらの人々にはすでに会って、協力を仰いでいる。

助けを求めて集まってくる浪士らの保護には、経費がかかる。それがだんだん嵩《かさ》み始め、莫大な費用になりつつあったのだ。

さらに、在京の諸藩に寄附を募ることも検討した。浪士らは様々な藩から流れてきていたから、浮浪浪士対策は、どの藩にとっても共通の難題だった。

こちらもすでに合力帳《ごうりきちょう》を作り、藩に回すことを実行していたが、雲井に共感し、幾つかの藩からは密かな援助が早々に届いている。

雲井自身もまた、支持者数人から篤志《とくし》を受けていた。

雲井の新しい住まいには、すでに数人の若者が寄宿するようになった。別の寺にはさらに、三十人近い食客《しょっかく》が宿っていた。二十代の若者が半分以上だった。

引っ越しが一段落すると、上行寺と円真寺の表門に、〝帰順部曲点検所《きじゅんぶきょくてんけんじょ》〟という、長さ一尺五寸（約四五センチ）の大札を掲げた。

〝帰順〟とは従属、〝部曲〟とは民や私兵、軍団などのこと。

意訳すれば、〝失業士族を救済する施設〟ぐらいの意味だろう。

「収容している者らの姓名を届け出よ」

待ち構えたように、政府筋からそんな要望があった。

人を集めて何を企むつもりかとのお達しだろう。雲井はすぐに名簿を提出した。背後にこうした集団を持つことが、一種の圧力になると考えたのだ。

むろんならず者集団にならぬよう、規律正しい生活をさせており、万一採用の知らせがあったら、すぐにも差し出す人材だった。

そして政府宛の〝嘆願書〟の作成に取り掛かっていた。

陳情の内容は、ただ一つ。

「版籍を追われ流浪を余儀なくされている敗残の士に、帰順の道を与えてほしい。そのために朝廷の兵士として採用していただきたい」

と願うものばかりだ。

「……もし叶うならば、微臣《びしん》のほか部下たちの、これまで背《そむ》いてきた罪科を責めることなく……慈恵に満ちたお取り計らいをしてくださるよう、ひたすらお願いいたします。

その慈恵に満ちた取り計らいとは、他でもありません。
一、本籍地を離れた浮浪の徒輩《とはい》は、各々かつて属していた府藩県に戻るべし、という文書はお改めくださり……それぞれが、天下のため大いに尽力するよう心掛けるべし、とのご布告を出していただきたく……

一、その救済策として……」

七

三月も末となり、桜の便りが聞かれる花の季節になっていたが、雲井は、憂鬱に襲われていた。

すでに何通も出している嘆願書の返答が、いっこうに来ないのだ。

もちろん覚悟の上のこととはいえ、自分に向けられる周囲の視線が厳しくなっていた。

「返事はいつ頂けるんですかね」

などと、原がじっと視線を向けて、なじるように言うことがある。

「いつまで待てばいいんですか」

「いざとなったら日光《にっこう》や下野《しもつけ》から、相当数の兵を集められますぞ。二千、いや三千……」

と煽《あお》るのは、維新時に日光山輪王寺《りんのうじ》の末寺『龍蔵寺《りゅうぞうじ》』の住職だった、大忍坊《だいにんぼう》である。この奥羽戦線で兄弟子を失い、庚申山《こうしんざん》にしばらくこもって経を念じた後、山を下りて雲井に合流した。

原も大忍坊も、もはや怖いものはない。ひたすら死に場所を求めるごとく、二人は繰り返し過激な挙兵計画を立てては、雲井に決断を迫ってくる。

「挙兵はしない」

と雲井は断言した。

「いつかそんな事態になるかもしれんが、今はその時ではない」

雲井は、今なら一万人以上集める自信はあるが、それでは検挙の種になろうから、首を縦に振らないのだ。だが相手はなお追ってくる。

「その時とは、いつですか」

「少なくとも秋までは慎重に待つべきだ」

「秋ですか。本当に秋にはやりますか」

などと念を押す。こうしたやり取りは、何とも鬱陶《うっとう》しい。

(このまま突き進んでしまうか)

と時に、暗い情熱に呑まれそうになる……。だがすぐ理性に押し戻される。勝ち目のない戦に、あたら若い命を散らしていいものかと。

「では何故、人を集めているのですか」

の質問が飛んでこよう。

「それは気勢を示すための、示威《じい》行動なのだ。皆を集めているのは、相手を睨むためである」

と雲井は言ったことがある。

闇に落ちかけている敗者の無念を、表世界で踏ん反《ぞ》り返っている勝者のお歴々に、分からせるためなのだと。

この日は、昨夜からの雨が続いていたが、昼になって雲間から陽射しがこぼれた。午後には長閑《のどか》な春の光が溢れていた。

雲井はあることを思い立ち、身じまいを正して、外出した。

ひとり孤独に沈んで、町の空気を吸いたかった。

だがそれだけではない。前々から雲井には、一度会って意見を賜《たまわ》り、また口添えを頼みたい相手がいた。

今は静岡藩の権大参事《ごんだいさんじ》となっている、山岡鉄太郎《やまおかてつたろう》である。

面識はないが、その評判は重々聞き及んでいた。

一幕臣に過ぎなかった山岡の働きによって、西郷隆盛《さいごうたかもり》と勝海舟《かつかいしゅう》の会談が実現して、至難のことと思われた〝江戸無血開城〟が導かれたのである。

城を追われた徳川家は、七十万石に削られた静岡藩に移住。山岡もその後を追って帰農して、茶や馬鈴薯《ばれいしょ》の生産に励む旧幕臣の世話をしている。

その多忙中でも、残務整理や交渉ごとでよく上京するらしい。

今も、赤坂《あかさか》の旧旗本屋敷を宿として数日滞在していると聞き、人を介して訪問の是非を問うと、今日明日の午後ならいつでもいいと――。

屋敷を訪ねるとすぐに、玄関横の、庭に面した座敷に通された。

庭には桜の木が何本かあり、差し伸べるその枝では、蕾《つぼみ》が薄紅色《うすべにいろ》に膨らんでいる。もう桜の季節かと、ふと物思いにとらわれた。

昨年は、桜を故郷《くに》で見たっけ。

北陸は春が遅い。藩の敗戦で謹慎を強《し》いられ、桜の季節を過ごしてから上京したのだ。あれからそろそろ一年……。そう思った時ドシドシと足音がして、大男が座敷に入ってきて、目前にどっしり座った。

「よく来られた、山岡です」

相手は、初対面とも思えぬ直截《ちょくせつ》さで客人を迎えた。

雲井は挨拶かたがた語った。昨今の東北の諸状況、浮浪浪士の救済のため援助を諸藩に募っていること、また自ら新政府に救済を訴える〝嘆願書〟を送り続けていること……。

「すでに四通は出しておりますが、政府からは、未だ返答がございませぬ。もし差し支えなくば、貴藩で尽力なされる山岡様から、何かしらのお口添えを賜われないものかと……」

と雲井は低姿勢で申し出た。

これに山岡は、理解を示すように頷いた。

「うむ、承知致した。援助については、早速にも申し伝え、少しでも多く計上するよう計らおう。しかし……陳情については、新政府も山ほど抱えておるだろう。腹を据えて、もう少し待たれよ」

「これ以上は待てません。民は困窮し、飢えております」

「待てない……？　では、どうするお考えか」

山岡は瞬きもせずに迫った。

「聞くところでは、雲井殿は増上寺を本拠とし、人を集めておるそうではないか。徒党を組んで、隙あらば挙兵しようと、密議を凝らしておると。ようやく落ち着いてきたこの東京を、またまた乱すおつもりか。どうしても死にたければ、一人で死ぬことだ！　そんなたわけた奴輩《やつばら》に、この山岡が口添え出来ると思うか」

山岡は、すでに事情を摑んでいたのだ。

「それは違います！　集まっている者は誰も、武力を持ちません。挙兵などあり得ませんよ」

「誰がそう思うか？　長閑なのは貴殿の頭の中だけだろう。少なくとも政府は、貴殿の謀反を疑っておるぞ」

「そうではない。我らは、加害者である政府を睨み据えているだけだ」

と雲井は自説を展開した。

山岡は無言で腕組みし、じっと聞いていた。

雲井が論じ終えると、

「……それだけか？」

とギロリと目を剝いた。

眼力の強い、雷神《らいじん》のように恐ろしい眼だった。

「ともあれ悪いことは言わん。直《ただ》ちに〝兵〟を解散することだ」

「あれは兵ではない！　私を頼って来た者たちだ。見捨てるわけには……」

「まだ分からんか、この大馬鹿野郎が！」

山岡は、やおら立ち上がるとずかずか近づいてきて、雲井の襟髪をむんずと摑むや、怪力で縁側まで引きずって行き、大きな足で思い切り蹴落としたのである。

「あっ」

叫んでとっさに受身の姿勢で転がり落ちたから、痛くはない。だが青ざめて身を起こし、心底驚いていた。音に聞く山岡鉄太郎とは、こんな乱暴な奴なのか。

縁側には山岡が仁王《におう》のように突っ立って、文句あるならかかってこいとばかり、爛々《らんらん》と眼を光らせて見ている。

雲井は一礼し、裸足のままゆっくりと表門へ向かって歩きだした。

その足裏の冷たさを、忘れることはないだろう。

門を出て少し歩いた時、門番が後から履物を持って追いかけてきた。それを見て、アハハ……と笑いたくなったが、不謹慎な気がして、黙って頭を下げて受け取った。

しばらく履物を手に提げて、裸足で歩きながら、胸の中で笑っていた。

(参りましたよ、山岡さん)

馬鹿野郎と面罵《めんば》されたが、その通りだと納得している雲井であった。

山岡の出方次第では、兵を挙げてもいいような気概《きがい》で行ったのだが、いきなり地獄に蹴落とされてみて思う。

午後、暴動やら挙兵なんぞ何の意味もないことと思われた。

〝誇り〟をズタズタにされた今、いっそ清々《すがすが》しく世の中が見通せた。夕暮れ近い春の午後、暴動やら挙兵なんぞ何の意味もないことと思われた。

今思うのは、そろそろ今年も、美しい海棠の花が咲くころだということだった。

八

だが、あらぬ噂が屯所《とんしょ》に流れたのは、山岡を訪ねてから幾日も経たぬころである。

四月に入っていた。

「兵部省の兵が、近々に屯所《ここ》に差し向けられるらしいぞ」

このところ政府側が、しきりに部曲点検所を探索していることに、雲井は気付いており、皆に警戒を呼びかけていた矢先である。

その噂が広まり屯所が動揺していた五日、雲井は米沢藩庁の森三郎公用人に呼び出された。

政府が雲井に反逆の動きを認め、朝命をもって〝謹慎〟を申し付けたというのである。

お達しを受けて謹慎した雲井は、直ちに陳情表を認めた。

「反逆の疑いは、根拠のない風評に基づくもの」

として、東京府参事に提出したのである。このことは、大久保利通の耳にも届いていただろう。陳情表の熱弁のおかげで政府は雲井の誠意を認め、米沢藩邸での謹慎を申し付けるに止まったのだった。

(疑いは晴れた)

と雲井は深く安堵《あんど》した。

だが頑として藩邸には戻らず、花や小鳥に囲まれた円真寺、部曲点検所内に謹慎したのである。

この騒ぎの疲れで病状が進んだか、そこで二、三日床に伏した。起き上がれるようになってから、思いがけず寺の裏に咲き始めた、美しい海棠の紅色の花を見た。

廊下の軒に枝を差し伸べる、その妖艶《ようえん》だが桜に似た可憐《かれん》な花に感動を覚え、肩肘張っていた自分が、例えようもなく和らいでいくのを感じたのである。

そんな時、船宿で会った綾女が懐かしく思い出された。

海棠の詩の一部を別離の言葉として残したが、あの人ならその意味を読み取ってくれただろう。

思い出さなかったわけではない。

一度、会いたくなって、柳橋に向かったことさえある。だが人の出入りの多い船宿へは気が重く、途中で足が鈍《にぶ》ったのだ。

この謹慎が解けたら、今度こそきっと会いに行こうと思う。


ところが四月二十九日になり、事態は急展開した。

一体どのような事情があったものか、政府の弁官《べんかん》伝達所から米沢藩庁に、最後通《つう》牒《ちょう》とも言うべき、厳しいお達しが出された。

要点は次の三点だった。

雲井の嘆願は認められないこと。

また、かねてからの布告通り、雲井配下に加わった脱藩脱籍の全員を、旧籍（国許）に返すよう米沢藩が説諭すること。

さらに雲井の藩邸内での謹慎は解かれること。

それに伴い、二つの寺に集まっている者ら四十五名の姓名、藩名、生国《しょうごく》を記した調書の提出を求めてきた――。

分かりやすく纏めるとそういうことだった。

雲井龍雄は反逆を企《くわだ》てた罪で藩庁に収監され、藩地米沢に送られて、厳重な取締まりを受けることになる。自殺者も出たという。

また配下に集まっていた部曲ら全員も捕縛され、それぞれの藩地に戻されるという。

前代未聞の厳しさだと、帰順部曲点検所の中は異常なまでの騒ぎとなっていた。

それを尻目に五月十四日、雲井は東京を出立した。

まだ未明の闇の中、藩兵十一名が警護する檻車《かんしゃ》に乗せられ、米沢藩庁の桜田藩邸を密かに出た。これから府を横切り、大川を渡って、春の芽吹く北国へと、半月ほどかけてはるばる分け入っていくのである。

そしてその翌日、二つの寺に寄宿していた四十数名の部曲が、一網打尽《いちもうだじん》に括《くく》られて連行された。

しかし事態はこれで収束しなかったのだ。

国許の自宅でしばし静かな謹慎生活を送っていた雲井は、〝謀反計画〟が予想外に重大であった廉《かど》で、新政府によって、再び東京に呼び戻されたのである。

雲井本人の知らぬところで、雲井の配下によって幾つもの策謀や、贋金《にせがね》造りまでが進められていたらしい。

妻や家族や友人らに水杯《みずさかずき》で見送られ、再び檻車に乗せられて米沢を出発。八月十四日、深い無力感にとらわれて川を渡り、小伝馬町の囚獄に繋がれることになる。

この急変が何を示すか、雲井はおぼろげながら推察出来た。

小伝馬町で政府に渡されてから、米沢藩庁が急に遠のいていた。

おそらく大勢の容疑者を一斉に捕縛する〝大獄《たいごく》〟を計画していた政府に、雲井の取り扱いを委ねたのだろう。

雲井は、逃れようのない証拠があちこちから上がって、いつの間にか政府転覆《てんぷく》の重大犯罪の首魁《しゅかい》とされていたのだ。

雲井は無罪を主張するため、得意の激烈な弁論をとうとうと展開した。だが加わった同志の名を問われ、全身の皮膚が残らぬほどの過酷な拷問《ごうもん》を受けた時は、貝のように口を閉ざして黙秘し続けたという。

この年の十二月、雲井は首謀者として梟首《きょうしゅ》の刑、原直鉄以下二十一名は斬首の刑を宣告された。

梟首とは斬首の上、刑場に晒《さら》されることである。

十二月二十八日、寒々とした冬晴れの朝、雲井は小伝馬町の牢屋敷で、山田浅右衛門の手で斬られた。その首は小塚原《こづかっぱら》刑場に曝《さら》された。
二十七歳だった。

第三話　龍馬《りようま》様のいいなずけ

一

桜の終わった川沿いの道を、日傘をさした女が行く。

その少し後を、一人の覆面《ふくめん》の武士が、後になったり先になったりしながらついて行く。先に行き過ぎると立ち止まり、川を見るふりをして相手をやり過ごす。

女が急ぎ足で行き過ぎると、やおら大股で追いすがるが、女に油断がないためうかつに手を出せないのだ。

そのうち女がつと足を止め、振り返って切れ長な目で男を見た。

「……何かご用ですか？」

男はそれには答えず、同じ口調で問い返す。

「異国傘《いこくがさ》をさしてどこへ行く?」

異国傘とは、女のさしている蝙蝠傘《こうもりがさ》のことだ。

昨年(明治元年)から、東京の商店が洋傘を輸入するようになったのである。

柄《え》が長くて持ちやすく、雨傘にも日傘にも使えたから、新し物好きの若い江戸っ子の間にたちまち流行した。

しかしその一方で、洋物に対する反感は、頑固な人々の中に結構根強く残っている。

昨年には蝙蝠傘をさして街を歩いていた武士が、町人に揶揄《からか》われたことで騒ぎが起こった。怒って先に刀を抜き、相手を傷つけてしまったため、切腹に追い込まれる事態になったのだ。

その事件を指してかどうか、覆面の武士は言った。

「洋傘は物騒だから送って進ぜよう」

「有難うございます。でもすぐそこまでですから、どうぞお構いなく」

と女は左の方角を指さした。

そこには灌木が繁茂《はんも》する空き地が広がり、その手前の脇道に、人家の屋根が連なって見えている。

女が傘を閉じてその脇道へ入って行こうとすると、武士はやにわに立ち塞がった。

「待て。タダではここを通さんぞ」

「幾らで通してくれますか。それとも、私を誰と知っての嫌がらせですか？　お顔を拝見させていただきます！」

言いざま、女は相手の覆面に手を掛けたのだ。

男は驚愕《きょうがく》して振り払い女の胸ぐらを摑んだが、その手を捻り上げられ、揉み合いになった。ついに一刀を抜いて大上段に振りかぶり、

「きえッ」

と奇声をあげて打ち込んだが、その刀を女の蝙蝠傘が弾き飛ばした。

とたんに、近くの茂みの陰から、男たちがバラバラと飛び出してきた。初めから、ここで襲う計画だったのだろう。

女はやおら下駄《げた》を脱いで手に取り、先頭の男の顔に向かって素早く投げつけた。男は一つはかわしたが、一つは避けきれず、ウッと額を押さえてのけ反った。

その隙に脇道に女は逃げ込もうとしたが、追いついた三人に押し戻され、囲まれて蝙蝠傘を構えた。

「おねえさん、侍どもが、女の人をいたぶってるよ！」

船着場から上がって土手《どて》に出た綾に、少年が駆け寄ってきて訴えた。舟待ちをしていて騒ぎを知ったらしく、しきりに指差している。

目を凝らすとはるか前方に埃《ほこり》が上がって、数人の人影が動いていた。綾は少年に、船着場にいる篠屋の船頭を呼んでくるよう頼み、藍木綿の仕事着の裾を端折《はしょ》って走りだした。

近づいてみると、賊は風体《ふうてい》からして浪人らしく、刀にはそこそこ自信がありそうだ。対する女は二十代後半に見えるが、すっきりと若やいだ娘ふうの銀杏返《いちょうがえ》しで、じっと相手を睨んで洋傘を構えている。

動くと、明石縮《あかしちぢみ》らしい黒っぽい着物の裾に、赤襦袢《あかじゅばん》がちらついた。

綾は慌てて懐を探った。そこにあったのは汗拭きの手拭いと、最近はいつも身に付けている護身用の笛だけだ。

これを使うしかないと思い決め、笛を口に当てて思い切り吹いた。ピイーッと笛は鋭い音色で空気を震わせ、呼子笛《よびこぶえ》のように響き渡った。

それを聞いて男たちはギョッとしたように、一斉に綾を見た。

とたんにその隙を狙って、女は飛び上がるようにして打ち込んでいき、すぐ前に迫る男の刀を飛ばした。

綾はピイーッ、ピイーッと立て続けに笛を吹き、声を張り上げた。

「これを聞いたら、近所中の船頭衆が駆けつけて来ます！　逃げるなら今のうち……」

言い終わらぬうち綾の後方から、尻端折りに頰被りした船頭らしい男が、棒を振り回しながら走ってくるのが見えた。

〝篠屋〟の名入りの法被《はっぴ》を着た、船頭の磯次《いそじ》である。

最近出火したこの近くの家に、綾は見舞いを届けて回っており、磯次は舟でその送り迎えをしているのだった。

男らは顔を見合わせて刀を引き、我先とばかりに逃げだした。

そのあまりの他愛なさに、綾は驚いてその後ろ姿を見送った。もしかしたら、数を増やして引き返してくるかとも思ったのだ。

「有難うございました！」

という透《す》きとおった女の声がして、我に返った。

「あ、大丈夫でしたか？」

駆け寄ると、女はまだ少しこわばった表情で頷いた。細面《ほそおもて》の白い瓜実顔《うりざねがお》が上気し、切れ長な目が少し吊り上がっていた。

「この洋傘に難癖をつけられたんです。覆面をしてたから、顔見知りかとも思ったんだけど……」

「きっと攘夷浪人でしょうね。間に合ってようございました」

そこへ、手拭いで頬を拭きながら磯次が走り寄ってきた。

「何でえ、あの腰抜けサムライめ、もう逃げちまったのかい」

「このお方が、蹴散らしたんですよ。それはもう、胸のすくような立ち回りでした！」

「いえ、あの笛のおかげです」

女は言って、綾と磯次に向かって頭を下げた。

「わしは一暴れしようと思って来たんで、残念だが……」

と磯次は笑い、

「ま、怪我がなくて良かった。舟で行ける所ならどこでも送るでな、遠慮なく言ってくだせえよ」

会釈《えしやく》して舟に戻って行く磯次を見送って、女は周囲を見回した。他にも船頭が集まってくるのか、と思ったらしい。

「ああ、篠屋の他には誰も来ません。この笛、子どもの玩具《おもちや》ですから」

綾が肩をすくめて言うと、女は初めて弾けたように笑った。

「お名前を教えてください」

「あら、そんなことじゃございませんよ。それよりうちは船宿ですから、少し休んでいかれては？　すぐ近くですよ」

「有難うございます。でも私、これから行く所がございますので、篠屋さんには改めて出直します。あ、申し遅れました。私、千葉佐那《ちばさな》と申します」

（チバ……？）

どこかで聞いたような気がするが、綾には馴染みのない名前だった。

ただ、今の立ち回りで剣術の心得があるようだし、女にしては度胸も据わっているから、ふと思いつくままに言ってみた。

「もしかして剣術道場の？」

「あっ、そうです……」

「じゃ、あのお堀端の千葉道場？」

「そうです」

「へえ……」

（これは魂消《たまげ》た！）

噂に聞く千葉道場の鬼小町《おにこまち》とは、このお人か。

綾は噂話で耳にするだけなので、鬼小町はいつも、女剣士の格好をしているものとばかり思い込んでいたのだ。

お堀端の千葉道場が、武術の名門千葉家の分家であり、江戸の人気道場の一つであるとは、世間によく知られていた。

北辰一刀流《ほくしんいっとうりゅう》を編み出した千葉周作《しゅうさく》は、神田お玉《たま》が池《いけ》に、八間四面の『玄武館《げんぶかん》』を構えて、〝大千葉《おおちば》〟と呼ばれていた。

弟定吉《さだきち》は、兄周作に劣らぬ腕と評されたが、日比谷《ひびや》の堀端に町道場を構え、〝小千《こち》葉《ば》〟と呼ばれていたのだ。

小千葉は、当初は少し北の桶町《おけまち》にあったため〝桶町道場〟とも呼ばれ、若者に人気があった。その理由の一つは、定吉が自由な気風の人で、流派や思想を超えて弟子を受け入れたから、下士や町人が多く集まったのだ。

もう一つは息女佐那が、十五、六の時分から長刀《なぎなた》の師範をしており、千葉道場の看板娘となったことだ。肌がきめ細かで抜けるように白く、目は切れ長で涼しく、近所でも評判の器量良しだった。

振り分け髪のころから父定吉、兄重太郎《じゅうたろう》の薫陶《くんとう》を受け、さらに伯父周作から長刀を厳しく仕込まれた果報者である。

色白で物静かな外見に反し、負けん気の強いお転馬《てんば》娘で、悪童らと渡り合っても負けたことがない、名うての不良少女だった。

腕っぷしが強い上に、長じては十三弦《じゅうさんげん》や絵など諸芸にも秀《ひい》でて、教養豊かなちゃきちゃきの江戸娘として人気があった。

それがもとで桶町道場には若い門人が多く、佐那が白い稽古着に紺の袴をつけて道場に現れると、皆の視線が吸い寄せられるという。

その凜々しい姿は、後には月岡芳年《つきおかよしとし》描くところの浮世絵にもなったほどだ。

その鬼小町と出会ったことに、綾は度肝《どぎも》を抜かれていた。

だが千葉佐那はそんな綾を尻目に、そこらに転がっている下駄を拾い上げ、土埃を払って白い足を差し込んだ。

「では勝手ながら、後日改めてお伺いすることにして、今日はこれで失礼します」

と深々と頭を下げると、破れた蝙蝠傘をさして、何ごともなかったように脇道を下りて行った。

二

だが綾と別れてから、佐那は訪れるはずだった家には寄らず、そのまま鍛冶橋《かじばし》手前の千葉道場に戻った。

少し思うところがあったのだ。

というより、胸に溢れるものがあったのである。

「くだらん喧嘩のために武術を習っておるのではないぞ。喧嘩は逃げるが勝ち、抜いたら負けだ」

と定吉に叩き込まれているため、佐那は、血の出る物は懐剣《かいけん》さえ持ち歩かない。そのくせ今日は、反感を買いやすい蝙蝠傘など持ち歩き、売られた喧嘩を買ってしまったのだ。

あの篠屋の女中の機転がなければ、あれから相手の刀を奪って、流血騒ぎになったかもしれない。血の気の多い女と反省する以上に、気持ちに隙があったような気がする。

それもこれも、最近、少し妙な問題を抱えているからではないかと思う。その〝妙な問題〟については、今は考えたくない。

考え出すと気が集中し、それしか頭になくなるからだ。実際このところ、ずっとそれが頭にあって離れなかったのだ。

だが今日のあの事件で、久しぶりに笑ったような気がする。

そして思い出した。佐那が十八、九のころだったか。夏のある雨の午後、京橋《きょうばし》の裏通りを歩いていて喧嘩に遭遇《そうぐう》したことがあるのを。

一人の若い侍が、やくざ者らしい三人組に囲まれ、傘の先が当たったの何のと因縁《いんねん》をつけられていた。遠巻きにしている野次馬《やじうま》のそばを、我関せずと行き過ぎようとして、足を止めた。

その侍は、道場の新入りの門弟ではないか？

すでに左手を刀に置き、今にも鯉口《こいぐち》を切りそうなのを見て、

「おやめなさい！」

と咄嗟《とっさ》に叫んで、見物衆から飛び出して行ったのだ。

血を見る前に門弟をここから連れ出そうとしたのだが、囲んでいる男どもは、この小娘の出現にすっかり意気が上がった。

「おお、姉さん、このサンピンの傘のお陰で、紋服《もんぷく》がびしょ濡れだ、どうしてくれ

る」

と嵩《かさ》にかかって言いたてる。すると門弟が余計なことを口走った。

「このお方を誰と心得る、千葉道場の鬼小町だぞ！」

「そいつァ面白《おもしれ》えや！」

とたちまち火に油を注いだようになり、男らは匕首《あいくち》を構え、門弟は抜刀して睨み合ったから、見物衆は大喜びだった。

佐那は慌てた。

父定吉はこんな市井《しせい》の喧嘩を嫌ったため、何人の門弟が破門になったことか。今も早く逃げようと焦ったものの、囲みをどうやって突破したらいいか。

その時、見物衆の中から大声が上がったのだ。

「どいたどいた。皆の衆、道をあけるがじゃ。千葉道場から門人衆が大勢、加勢に来るぜよ。それ、助っ人《すけっと》のお通りじゃ！」

ワッと人々が道をあけた。その奥から、大男が刀を振り回しながら駆け寄ってきた。

千葉道場で剣術修行中の坂本龍馬《さかもとりようま》である。

土佐から二度めの江戸留学で、今は塾頭《じゆくとう》をつとめる腕だった。

千葉道場と聞いてヤクザらは浮き足立ち、てんでに逃げ散ってしまった。だが走ってきたのは龍馬ただ一人。

「一人だけ？」

と佐那が目で問いかけると、

「いや、佐那お嬢さん、これはここだけの話ですきに、大先生には内緒にしてつかあさい」

と神妙に頭を下げられ、佐那は笑い転げしばし止まらなかった。

今日、その龍馬と同じように考え、窮地を救ってくれた篠屋の綾に、佐那は親しみを覚えていた。

(年齢はたぶん、私と変わらないのでは)

このくらいの年になれば、女として生きてきた道が曲がりくねっていたかどうか、すぐ分かるのだ。

昨年、すなわち御一新の年、佐那は三十歳で未婚だった。そう、未だ婚せずで、いわゆる〝行き遅れ〟である。

もちろん花恥じらう娘時代には、言い寄る男は降るほどいたし、断りにくい見合い話も持ち込まれ、断るのに苦労したもの。意中の人がいたのである。

ちょうどある大名の江戸屋敷から、女中奉公を兼ねた武術指南の話があったので、それを理由に見合いを断ったこともある。

これは伊予宇和島藩《いようわじまはん》の姫君に奉公しつつ礼儀作法を教わり、お返しに姫君に武術指南をするもので、なかなか結構な体験だった。

この佐那が、意中の龍馬を射止めたのは十年前、二十一の時である。

定吉は喜んで、この変わり者の娘の婚約者に、一振りの刀を贈った。

佐那は、祝言《しゅうげん》で龍馬が着る五つ紋の紋服を、自ら誂《あつら》えた。ちなみに坂本家の家紋は、組み合わされた二つの枡《ます》の中に桔梗《ききょう》が描かれた〝違枡桔梗紋《ちがいますききょうもん》〟である。

話はそこまで一気に進んだのだが、そこから動かなかった。

何しろ未曾有《みぞう》の動乱の時代である。未来の婿殿は、幕府の断末魔《だんまつま》を目前にして、安閑《あんかん》と結婚の夢に浸っている男ではなかった。

まずは身を守る剣術に熱中し、メキメキ上達していった。

免許皆伝になると、許嫁《いいなずけ》を残して藩に帰り、武市半平太《たけちはんぺいた》の土佐勤皇党《きんのうとう》に入党し、土佐藩の革命に血を滾《たぎ》らせた。だがそのうち、倒幕《とうばく》運動に身を投じるべく土佐藩を脱藩し、三度めの江戸入りをして、千葉家に身を寄せたのである。

それからは勝海舟に弟子入りして、政《まつりごと》の道をまっしぐら。

元治《げんじ》元年（一八六四）、海舟に従って神戸《こうべ》の海軍操練所《そうれんじょ》に向かうため、江戸を発った。それから一度も帰らぬまま、四年近い歳月が過ぎた。父や兄は心を痛め、龍馬と親しい兄重太郎が、京へ会いに行ったこともある。

「今は江戸には帰れんが、志《こころざし》を果たしたら必ず……と約束してくれた。だがあれほどの男だ、なかなか帰れんだろう」

と兄は言葉少なに言った。

兄はその時、はっきり口にしなかったが、風の噂では、どうやら別の女性との新しい出会いがあったらしいのだ。その名は〝おりょう〟と聞く。どこか肉感的なその響きがまた、佐那を苦しめた。

だが東奔西走《とうほんせいそう》の日々であれば、そんなこともあろう。

（けど、いつかはきっと戻ってくる）

と信じていた一昨年（慶応三年）の師走《しわす》、思いがけぬ報が千葉家に飛び込んできたのだ。

京の醤油問屋近江屋《おうみや》に逗留中の龍馬が、刺客《しかく》に襲われて斬殺されたと。十一月十五日といえば、かじかむ京の冬のどん底である。

翌《あく》る慶応四年は維新の年。九月から明治となる。

その疾風怒濤《しっぷうどとう》の年を境に、佐那の人生も二つに割れた。

北辰一刀流が一世を風靡《ふうび》した時代と、この国で剣術が無用となった時代と。

この世に龍馬がいた時代と、そうでない時代と――。

三

勝手口に入る時、いつもの習慣で佐那は道場にチラと目を向ける。

以前は、格子《こうし》になった覗き窓の向こうに人がせわしなく動き、ヤットウの掛け声が活発に飛んでいたもの。

しかし幕末は銃に押されて剣は廃《すた》れたし、加えて本家の玄武館は、安政二年の周作の死もあって傾きかけていた。

だが定吉道場はなお勢いがあり、弟子は大勢詰めかけていたのである。その小千葉さえ、明治になってからは弟子が激減した。

門弟は、江戸で修行する地方藩士が多かったから、戊辰戦争に従軍するためほとんどが国許に帰り、戻ってこなかったのだ。

今、道場に通ってくるのは、護身用に長刀を習う商家の女房や、年端《としは》のゆかぬ子どもばかり。それも午前中が多く、午後はしんと静まっていて、格子窓の向こうに動く人影はほとんどない。

他の町道場はさらに寂れ、閉める所も出ている昨今である。

かろうじて生き残っている小千葉は、床《とこ》に伏せりがちな定吉と、今も鳥取藩《とっとりはん》の仕事を続ける重太郎と、佐那の三人で支えている――。


奥の自室に入った佐那は、障子を開け放ち、縁側に立って緑が急に濃くなった庭をしばし眺めていた。

やがて簞笥《たんす》の前に座り、一番下の抽斗《ひきだし》の底に眠っている、縹色《はなだいろ》の畳紙《たとうし》の包みを取り出した。包みを膝の上で開くと、黒木綿の紋付きの〝袖〟がそこにある。匂い袋のおかげで微《かす》かに花の香りがした。

この時はもう袖だけになっていたが、佐那が仕上げてこの簞笥にしまってからずっと、完全な紋服のままだった。龍馬が一度も手を通さなかったわけでもない。初めて勝海舟に会いに行った時と、海舟の紹介で越前《えちぜん》屋敷の松平春嶽《まつだいらしゆんがく》の元に赴《おもむ》いた時、これを羽織っていった姿を鮮《あざ》やかに覚えている。

だが最後に江戸を発つ時、

「必ず帰ってくるから、その祝言の日まで預かっていてほしい」

と龍馬に託されたのである。

ところが思いがけぬ凶報《きょうほう》を聞き、その時に聞いた様々な情報に混じって、龍馬は〝おりょう〟と結婚していたという噂があった。

（そんなはずはない、ただの噂に違いない）

と思いながらも、龍馬の体臭が微かに残る紋服を胸に抱きしめて、とめどなく泣いた。

気持ちが少し落ち着いてから、思い出の品々を〝茶毘《だび》に〟付した。しかしこの紋服だけは何とも手放し難く、思い迷った末、思い切って片袖だけ切り取って形見《かたみ》に残したのである。

その片袖を今、久々に明るい縁側に出して広げてみた。

袖は夕方近い柔らかい日差しを吸って息づくように見え、じっと眺めているとそくそくと胸に迫るものがある。

手にとってそっと頬を寄せると、もう以前のようないい匂いはしない。だが長年畳紙に包まれていたどこかシンとした空気の中に、微かに残り香が感じられた。

（あのお方は、今もここにいる）

と思われて、それが逃げてしまわぬよう、そっとまた畳紙に包み込んだ。

（龍馬様、この最後の遺品を手放していいですか……？）

実は今、佐那はそう思い迷っている。

というのも、最近身に降りかかった〝妙な問題〟とは、これを譲ってほしいという人が現れたことである。

その人は代理だが、依頼主は龍馬に近い身内で、龍馬を思い出す縁《よすが》にしたいというのだ。もちろんそれ相応の代価を払い、買い取りたいというから、詐欺《さぎ》などではなかった。

だが佐那は、即答を避けた。

切り取った片袖は、佐那の未練の塊だった。それをあっさり手放す気にはとてもなれない。

といって今はもう過去の人。正直なところ、これを機にあのお方のことをスッパリ忘れたら、どんなにせいせいするだろうとも思うのだ。

そう返事し、手放してしまう気になっていた矢先だった。

ところが今日、覆面の賊が刀を構えて襲ってきた時、そんな自分を嘲笑《あざわら》う自分がいたのである。

傘を構えて踏み込んで行った一瞬、思いがけず龍馬を全身に感じた。

龍馬を肌に感じる時とは、道場で竹刀《しない》を構えて向き合い、目と目を合わせる時だった。

懐かしい思いが泉のように溢れ、約束の家に行く気を失い、この片袖の元に帰ってきたのである。

だがこうして一人思い悩んでいると、またふと思う。

(いっそ手放してしまった方が、せいせいするんじゃない?)

四

「まあ、わざわざご丁寧に有難う存じます」

三日後の午後、裏庭の掃除を終えて台所に入った綾は、表玄関からお簾のそんな応対の声を聞いて、思わず聞き耳を立てた。

(お佐那さんだわ!)

先日のお礼を言いに訪ねてきたのだろう。

すでに話を聞いて事情を心得ているおかみは、

「せっかくですから、お急ぎでなければ中でお茶でも……」

と引き止め、

「綾さーん、お客様よ」

とこちらに向かって呼んでいる。

手拭いを姉さん被りにし、久留米絣《がすり》の女袴《もんぺ》をはいていた綾は少し戸惑ったが、

「はーい、ただ今」

と手拭いを外しながら飛び出して行き、目をみはった。

佐那は今日も女武芸者ふうでもなく、細身の身体に茶緑の縦縞の紬《つむぎ》を纏い、黒い名《な》古屋帯《ごやおび》をきりりと締めて、すっきりと立っている。

その背後には、相撲取り崩れらしいどっしりしたアンコ型の若者が、肩に菰被《こもかぶ》りの一斗樽《いっとだる》を軽々担いで立っていた。

佐那は地味に装っているが、菰樽を大柄な弟子に担がせ、自分は和菓子の箱らしい明るい色の風呂敷包みを抱えている。

その姿はどこか、鬼小町と呼ばれた往年の華やぎを、彷彿《ほうふつ》させた。

綾を見るとにっこり笑って御礼の言葉を口にし、持参の和菓子の箱を差し出した。

説明によれば、この『とらや』は羊羹《ようかん》で有名な、室町《むろまち》時代から京にあった御所御用の老舗《しにせ》という。この明治二年、遷都《せんと》に伴って東京に進出し、八重洲《やえす》に店を構えたばか

りなのだと。

「この羊羹、甘さが評判ですので、どうぞ皆様でお試しくださいませ」

とずっしりした包みを綾に渡し、振り返って、弟子が担いでいた酒樽を上がり框に置かせた。

「これは父の定吉からで……ええ、昔、こちら篠屋さんの舟でよく遊びに出かけたそうで、よろしくと申しておりました」

そんな挨拶に気を良くしたおかみは、相撲取り崩れの弟子に、心付けを弾んだ。ごっつあんです……と弟子は頭を下げ、初めから打ち合わせていたのだろう、佐那に軽く会釈してのしのしと出て行った。

さあお上がりくださいまし、とおかみに急き立てられて、

「有難うございます。ただ、おかみさん、帰りの舟を頼んでおいていいですか。このあと築地《つきじ》まで参り、そのまま川堀を通って帰りますので」

と佐那が言った。

「はい、分かりました。あの磯次がいずれ戻りますから……」

佐那が玄関脇の帳場に通されると、鬼小町を一目見ようと、若い船頭らが襖を開け放った戸口から、興味津々《しんしん》で顔を覗かせている。

綾は、貴重な羊羹を切ってお茶に添え、客人とおかみに出した。

せっかく千葉道場の鬼小町が来てくれたのだからと、船頭らにも切って振る舞うのを忘れない。

それから、綾や船頭も交えて市井の話が賑やかに飛び交った。

だが、聞きたくてたまらない恋人の話を、誰も口に出せない。

もちろん〝リョウマ〟などという人物のことを、この界隈では誰一人知っていなかった。だが千吉が調べ上げた結果、あのかつての千葉道場の看板娘は、道場の塾頭と結婚を約束したが、その門人は有名な勤皇志士であり、一昨年京で暗殺されてしまった。その人物が元で〝行き遅れた〟のだと初めて知ったのである。

それでも強心臓の六平太《ろっぺいた》が、

「去年でしたか、京で暗殺された志士が、千葉道場の門人だったたって話、本当ですか？」

とかろうじて切り出した。

「はい、そのとおりです……。惜しい方でした」

「剣は強かったんですか？」

「ええ、塾頭を任されてましたから」

「佐那先生とどちらが強い？」

と横から竜太が口を出すと、佐那は目を細め首を傾げ、

「私ですよ」

と言って、皆を笑わせた。

皆はリョウマと自分の話を聞きたがっている、と察したのだろう。佐那は微笑して、滅多に話さないこんな逸話《いつわ》を披露した。

龍馬が初めて桶町道場の冠木門《かぶきもん》を潜《くぐ》ったのは、御一新から十五年前の、ちょうど今のような若葉の季節だった。

応対に出たのは佐那で、のっそり玄関に立ち、お国訛り丸出しで取次を頼む長身の若者を、ひどく泥臭く感じたのを覚えている。

その者は、土佐は高知《こうち》の坂本龍馬と名乗った。名門道場への入門とあってみるから に緊張しており、十九歳にしてはその真っ黒に日焼けした顔にどこか稚さも感じられた。

ただ身につけた紺の着物と野袴は、着いてすぐ洗濯でもしたのだろう、皺だらけだが小ざっぱりしており、当人の物腰も伸びやかで悪びれず、背後の家庭がしのばれた。

父は郷士で、低い身分ながら〝百六十一石、三人扶持切米《きりまい》五石〟で、普通より裕福

な家庭と言えるだろう。

　だが祖父にあたる本家は才谷屋《さいたにや》といい、質商《しちしよう》を営むかたわら酒造や雑貨を扱って、高知城下でも三本指に数えられる豪商だった。

　すぐに面談した定吉は、太刀筋《たちすじ》を見るため、さっそく門弟との三本勝負を命じた。

　とは言っても、若先生である重太郎が手合わせするのが普通である。

　ところがこの時、定吉は何を思ったものか、龍馬より三つ下の佐那に命じたのである。道場にいた門弟は皆、驚いた。

　佐那も驚いたが、免許皆伝とは行かないまでも、小娘ながらすでに長刀の技を修得し、中目録を皆伝している腕前。すぐにも島田髷《しまだまげ》を下ろして下げ髪にし、白い稽古着に着替え、面と防具をつけ、三尺八寸の竹刀を持って道場に現れた。

　思いもよらぬ女剣士の出現に、龍馬も面食らったようだ。龍馬とて、土佐から上がって来たばかりの田舎者とはいえ、生家近くの日根野《ひねの》道場で五年間鍛え、基礎を習得した上での江戸入りだった。

　田舎剣法と侮《あなど》っての手合わせか、と不快に思ったかもしれない。

　だが佐那は竹刀を構えて向き合ってみて、すぐに父の狙いを察した。相手の六尺近い身の丈《たけ》にたじろぎ、自分がひどく小柄に感じられ、

「小娘が、この大男に、千葉の必殺ワザで勝ってみよ」

と父のご託宣《たくせん》を読み取ったのだ。

位《くらい》の鏡新明智流《きょうしんめいちりゅう》、力の神道無念流《しんとうむねんりゅう》に対し、ワザの北辰一刀流だ。仮に試合に負けても、〝体の大小が敗因だったのではなく、ワザがなかったからだと思え〟と言いたいのだろう。

「坂本様は、守りより攻めの剣と、私は見てとりました。気合いで攻め込んで一気に攻めてくるだろうと」

互いに中段に構えて歩み寄り、まずはパンパンパン……と数回打ち合った。相手は長身への自信からか、予想通りに上段に構え、こちらの突きを誘うように一気に攻め込んできた。

突きが千葉流の得意ワザと知ってのこと。だが勝ちを確信しつつも、佐那はうろたえた。自分の前に立ちはだかる相手は、岩のように固くはなく、大波のように透明で柔らかく、踏み込めばふと見失いそうな不安を覚えたのだ。だが同じように、相手も動揺していたようだ。

相手がわずかに体勢を崩した瞬間、見失っていた本体を見つけ出し、すかさずヤアッと踏み込んで、胴を突いた。

「それまで！」

　定吉の声が響いた。

「その声が、何と遅く感じられたことでしょう。二本目も三本目も同じように相手を見失いそうになり、かろうじて〝それまで〟の声を聞いたのです」

　話しながら佐那は中腰で、腕を振り上げての熱演ぶりで、皆はすっかり呑み込まれていた。話し終えた時は、やんやの喝采《かっさい》だった。

　綾がお茶を淹れ替えると、お簾が言った。

「えーと、ところで、築地はどちらまで？」

「はい、あの辺りに土佐藩の控え屋敷がございますので」

　佐那が言いかけると、襖の向こうにいた千吉がヒョイと顔を覗かせた。

「今、土佐屋敷に行っても、もう皆引き上げて、誰もいねえんじゃねえですか」

「あら……」

「おっと、おいらは千吉と申す者で、御一新までは北町奉行所出入りの下っ引だったんでさ。八丁堀《はっちょうぼり》から築地の辺りは縄張《なわば》りですよ」

「でも、お前、築地のお屋敷ががら空きってことはないよ」

とおかみが乗り出した。

「だって昨年十月ごろだったか、土佐の殿様が大勢のご家来衆を連れて、東京入りされたでしょう」

土佐藩の容堂公《ようどうこう》は新政府に出仕するため、天皇の首都行幸に従って、居を東京に移したのである。ただ、風雅な殿様だったから、さっそくお愛《あい》という柳橋で一、二を争う芸妓と浮名を流し、いつ落籍《ひか》されるかと今は界隈では大評判である。

「そのご家来衆は、鍛冶橋の上屋敷にいるんじゃねえですか」

「いえ。うちの道場に通ってきてたんですから」

と佐那が恐縮したように言う。

「ま、あの辺りは川堀が入り組んで、分かりにくい所だ。おいらは門番とも顔見知りだし、とりあえず案内は出来ますよ」

するとお簾が言った。

「場所を知ってるなら、案内して差し上げておくれ。川が混まないうちがいいよ」

結局、磯次の帰りが遅いため、千吉が佐那を案内することになった。

五

それから四半刻後――。

篠屋の屋根船が、神田川を出て大川を下っていた。櫓を握る千吉は、長身に法被を纏い、鉢巻きをきりりと締めた船頭姿である。

奉行所の仕事が無くなってから、一時的に船頭修業に精を出しているため、なかなか様《さま》になっていた。

船には佐那の他に、綾も乗っていた。

「おかみさん。綾さんも、ちょっとお借り出来ますか」

と舟が出る前に、佐那が言ってくれたのである。千葉道場と近づきになりたいお簾は、得たりや応で送り出してくれた。

「私、綾さんを誘い出そうと思って来たんだけど、お忙しそうなんで言い出しにくくてね。おかげでたくさんお喋りをしてしまったわ」

佐那が言うと、綾は笑った。

「今は暇ですよ。でも以前は忙しかったから、つい習慣で、休み時間も取らないんです。佐那様に呼び出していただいて良かったわ」

「ほほほ、いずこも同じですね。ただ、佐那サマはやめにして」

「あら、何とお呼びしたらいいのでしょう」

「父や兄は佐那と呼びます、妹が二人おりますので、門人たちは佐那お嬢さんと。でも私は、佐那と呼ばれるのがいいです」

「佐那ね」

「そう。私、お転婆娘だったから、皆から佐那と呼び捨てで、それが気に入ってたわね。ああ、土佐では私みたいなお転婆を、〝はちきん娘〟って言うんだって」

「ほほほ……」

「でもご存じでした？　私、さっきは言わなかったけど、龍馬様の許嫁なんですよ」

胸がドキンとした。千吉のおかげで、にわか知識で知っていたのである。

「ええ、噂だけは……」

「実はこうして誘い出したのは、龍馬様のことで、ちょっと聞いていただきたいことがあるんです。いえ、大した話じゃないけど、何だか自分が分からなくなって」

と、ついてくるカモメを見ながら佐那は言った。

「祝言のために、自分で仕立てた紋服のことなんだけど……。あんなことになって、思い出の品はほぼお寺で焼いて供養《くよう》しました。ただ紋服の片袖だけ切り取り、形見として保存しているのです」

　それからしばし水面《みなも》に目を遊ばせていたが、

「でも、世の中にはいろんな人がいるもんですね。〝紋服〟のことで話したいという人が現れたんですよ」

「へえ、最近ですか？」

「そう、割と最近のことですね」


　定吉が散歩に出て留守で、重太郎はお役所に出ていて人けのない午後、その男は狙いすましたように玄関に立った。

三十半ばくらいか。流行《はや》りのざんぎり頭ではなく、ちょんまげが板についた、商人ふうの顔の長い男だった。

「佐那様に折り入ってお話が……」

　と差し出した名刺に、〝才谷屋　大坪仁右エ門《おおつぼじんえもん》〟と筆で書かれていた。

「才谷屋さん……とは、もしかして龍馬様の……？」

「はい、高知城下才谷屋の支店が上野にありまして、手前が仕切っておるんです。あ、しかし今日の用は才谷屋での仕事じゃなくて、さるお方の御用で参ったのです」

どうも話が尋常《じんじょう》ではなさそうなので、客人を玄関横の座敷に通し、お茶も出さぬままで言った。

「……その〝さる方〟とはどなたです？」

「その前につかぬことを伺いますが、あなた様は、龍馬様から、何かを預かっておられませんか？」

相手は上目遣いに佐那を見るので、長い顔がさらに長く見えた。

「何かって……何ですか」

「例えば紋服とか」

「………」

気味悪くなって、佐那は思わず声を荒らげた。

「どうしてそんなことをご存じなのですか？」

「ははあ、図星《ずぼし》ですね。いやいや、怒らないでください。あちら様から聞いて、手前もちょっと確かめたかったんですよ。ええ、さる方とは、実は姉上様なんです」

佐那は息を呑んだ。

姉上というと乙女《おとめ》様のこと？

この大坪仁右エ門は最近、商用で高知に行って来たばかりで、帰りがけに高知城下本丁筋一丁目の坂本家に寄って、久しぶりに乙女に会ったという。

「その時、乙女様がこう仰ったんですよ」

亡き弟が、佐那様に、紋服を預けてあるはずだ。だが自分の元には、龍馬を偲ぶよすがが何もないので寂しくてならない。ついては何とか譲ってもらえないか、ぜひ聞いてみてほしい、と。

「ええ、タダとは申しません、相応の金額を払って買い取りたいと……。いや、おたく様に迷惑がかかることではないので、こうして参った次第です」

佐那は少し驚きながらも、納得した。

母を幼くして亡くした龍馬には、年の離れた姉の乙女が、母親代わりだったという。

体重三十貫（一一二キロ）身長五尺八寸（一七五センチ）。長刀、剣術、馬術、弓術、舞踊、書道、和歌……など文武両道に秀で、昔は〝はちきん娘〟、長じては〝お仁王様〟と呼ばれた女傑《じょけつ》の姉さんだった。

泣き虫少年の龍馬は、たいそうこの姉を慕っていたという。

その龍馬が千葉道場に入門し、看板娘の佐那と親しくなると、江戸の〝はちきん娘〟とからかった。それが佐那には、姉さんと並べられたようで、たいそう嬉しかったのだ。

「お話分かりました。ええ、紋服を預かっていたのは確かです」

と佐那は、大坪に言った。

「でも残念ながら、もうないんです。龍馬様が亡くなったと知って、燃やしてしまったのです」

「ですが、片袖があるんじゃないですか」

「え？」

佐那は驚いた。

「何故そこまで知っておいでですか？　仰る通り片袖を切り取って形見にしておりますが……でもその時は龍馬様は亡くなっており、乙女様に伝わるはずありません」

「その通りです」

と大坪は頷いた。

「ただ……」

と少し口籠ったが、苦笑して言った。

「この千葉道場に、土佐から剣術修行に来てる若者が、よううちに見えましてね。ええ、うちはいろいろの商いを手がけてますが、中で財をなしたのは質商売でしてね。

同郷の質屋だと、気が楽なんでしょう。お茶と菓子で故郷の話を聞くのが楽しみでして、いろいろのことが耳に入りました」

そう聞いて、佐那はハッと思い出した。

下級藩士の暮らしはよく知らないが、貧しい郷士の倅は小遣いにも困って、苦労しているという。日雇い仕事に精を出して稽古を休んだり、質屋に刀を入れて帰国費用を捻出《ねんしゅつ》する者もいる、という話を聞いたことがあったのだ。

そんな中で重太郎は、土佐の控え屋敷から通ってきていた筈見謙吉《はずみけんきち》という二十歳前後の若者を、可愛がっていた。寡黙だが稽古熱心で、日雇い仕事に追われていても道場を休むことはなかった。

だが一度、重太郎に借金を申し込んだことがあった。質屋に入れたままの刀を取り戻したいのだと。

龍馬の事件のあった時も、黙々と通ってきていたと記憶する。

だが去年の春ごろから、ぱったり来なくなったのだ。

「この大坪って質屋さんは、店に出入りする門弟から、千葉家の秘密を聞き出していたんでしょう。もっとも、私は別に気になりませんけど。昔から千葉家は、噂の宝庫みたいな家だったから」

と佐那は笑った。

「それを聞いて、むしろホッとした気持ちになりましたね。他ならぬ乙女様のお申し付けなら、譲ってもいいんじゃないかしらって。何がなし気が軽くなったんですよ」

自分はさんざん苦しんだんだから、形見は大事にしてくれる人に譲って、これを機会にきっぱりと忘れようと。

大坪は帰る前に、こう言った。

「ま、急ぐことじゃないから、ゆっくりお考えくださいよ。次に土佐に行くのは秋だから、夏の終わりごろにまた寄らしてもらいます」

だが佐那は、気が変わらぬうちに伝えようと思い立ち、ある午後、上野界隈へ出かけて行ったのである。

大体の場所は、頭の中で思い描いていた。確かその辺りに、そんな店があったような気もしていた。だが行ってみると、その辺りは上野戦争の時に焼かれたままで、まだ復興していなかった。

番所に代わる町人詰所を探して、才谷屋のことを問うてみたのだが、そういう名の店はこの辺りにはなかったという。

たぶん、場所が違っているのだろう。

六

「……とまあそんなわけで、土佐屋敷にいた筈見という弟子の消息を調べに、これから行こうと思うんです。もちろん父や兄には内緒ですよ。何だか私、自分がどうしたいのか、よく分からなくなっちゃって……」

佐那は頭を振って苦笑した。

「綾さんなら同世代でしょうし、これをどう思われるか、ちょっと聞いてみたくなって」

「そうでしたか」

綾は頷いて船の揺れに身を任せ、空の端っこに湧き立つ雲をしばし眺めていたが、ふと佐那を見て言った。

「あまり参考になりそうもないけど……。ただ私としては、ちょっと気になることがあります。だってその片袖は、龍馬様の形見でしょう。形見は亡くなった人と、それを持つ人との思い出の結晶みたいなもの……。お仁王様がその片袖を譲り受けても、何を思い出せるでしょう？　そもそも、弟思いのその方が、佐那さんから大事な形見を取り上げようとなさるでしょうか」

龍馬からしばしば手紙を貰っていた姉が、許嫁の佐那から、大事にしている形見を奪うだろうか。そうするほど、弟の思い出に飢えているとはとても思えない。

「ああ、そうですねえ」

綾の言葉に佐那は頷き、首を傾げた。

「実際には、龍馬様のお嫁さまは、私じゃなくておりょうさんて方なんです。乙女様は、それを知っておいででしょう。ご自身もお嫁に行って出戻ってきたお人だそうだから、私を哀れんでくださったのかもしれないって」

「……どういうことですか」

「いつまでもメソメソしてないで、さっさと諦めなさいって」

「それで形見を取り上げる？　まあ、そこまでは思いも及びませんでした！」

綾は驚いていた。そんな考え方も出来るのかと。そこまで考える佐那は、やはり大変な想像力の持ち主に違いないと。

「ただ、大坪という人が本当に乙女様の使いだったかどうか、それを確かめる方法はないでしょうか」

と綾が言うと、

「おいらもそう思う」

櫓を漕ぎながら耳をそばだてていた千吉が、不意に口を挟んだ。

「どうも大坪を動かしたのが、乙女さんじゃねえような気がするね」

「じゃあ、誰なんでしょう」

と佐那。

「例えばその〝おりょうさん〟とかいう女性。祝言のために誂えた紋服が、未だに千葉家にあるなんて聞くと、悋気《りんき》がムラムラくるんじゃねえか。まして片袖を切り取って大事にしてると聞いた日にゃ、買い取ってでも奪おうと……」

「まあ、姉さんの名を出せば、穏便《おんびん》に話が進むと思ったかもしれませんね。でも、もしおりょうさんだとしたら、そんな千葉家の秘密話を、一体、誰が、吹き込んだんでしょう？」

綾がそう疑念を挟む。

「長崎《ながさき》におりょうさんを連れてってくれた本人が死んじゃったんじゃ、身の振り方を決めるまで、すぐには動けなかったろう。長崎は、海援隊《かいえんたい》の連中や龍馬人脈の巣窟《そうくつ》だ。しばらくそこにいりゃ、回り回って誰かの口から耳に届く可能性はあったんじゃねえかな」

佐那が黙り込んだ。

三人は、思い思いの思案に耽った。

船はとうに永代橋《えいたいばし》の下を潜り、佃島《つくだじま》を左に見て、鉄砲洲《てっぽうず》の辺りまで下ってきていた。

千吉は慣れた様子で明石河岸《あかしがし》に漕ぎ寄り、船を着けた。

ここからは川や堀が込み入って面倒だから、自分が一っ走りしてくる。綾たちは近くの茶店で待っていてほしいという。

「ともかく行くだけ行って、訊けることは訊いて来まっさ。佐那さん、消息を知りたい人物は、筈見謙吉だけですか」

佐那は少し考えてから、言った。

「もう一人、溝淵広之丞《みぞぶちひろのじょう》という人がいます」

昔は親しかったその名を、実はつい昨日、十何年振りに思い出したのだ。

筈見謙吉を調べるため、道場にある〝門人名簿〟を開いていて、紹介者の欄にその名を見つけた。筈見も溝淵も、土佐藩士である。

溝淵は龍馬より八つ年上の幼馴染みで、十五年前に一緒に土佐を発ち、剣術修行のため江戸入りした間柄だ。

千葉道場も、同門だった。

だが一年だけで溝淵は何かの事件……確か吉田松陰の密航事件への関与を疑われ、捕まったと聞く。当時、佐久間象山《さくましょうざん》の砲術塾《ほうじゅつ》に通っていたせいかもしれなかった。

疑いが晴れると土佐に帰り、再び入府せずそれきりになったから、佐那はその後のことは何も知らない。

ただ人づてに聞いた話では、慶応二年、藩命で砲術を学ぶため長崎に遊学した時、その地で亀山社中《かめやましゃちゅう》を結成していた龍馬と再会。その活躍ぶりを目《ま》の当たりにした。

家老の後藤象二郎に、龍馬を引き合わせたのはこの人という。

二人は意気投合した。

この英傑《えいけつ》の出会いが、土佐を変えた。

亀山社中を土佐藩の海軍とし、『海援隊』と名を変えたのである。

溝淵が存命ならば今年で四十一、二だろう。

会えるものなら会って、聞きたいことがある。

「この辺りに、龍馬様に連れて来てもらったことがあります。土佐屋敷が近かったし、舟漕ぎがお得意だったのね」

佐那は、茶店の赤い日傘の下の縁台で綾と並び、川を眺めながら懐かしそうに言った。

江戸城のある千代田《ちよだ》台地から流れ下る日本橋川を、小舟でゆっくり下ったこともあった。上り下りする幾艘もの荷船の間を、巧みにぬう龍馬の櫓さばきは船頭なみだったという。

「さあしっかり摑まってつかァさい」

川筋を変える時はよくそう言った。ギイと櫓が鳴って、舟が揺れた。両河岸に並ぶ廻船問屋の土蔵の白壁に陽が照り映えて、眩しかった……。

そんな昔語りを聞くうち、千吉が汗を拭きながら戻ってきた。

「屋敷に人が幾らかいるみてえで、顔見知りの門番に会えましたよ。おかげで、いい話が聞けました」

と息を弾ませた。

「ただ詳しい話は後にして、これから急いで鍛冶橋の藩邸に行かなきゃならんです。天気が心配だ」

空を見上げるとどうやら夜半から雨になりそうで、雲がむくむくと湧き始めている。

鍛冶橋のすぐそばに千葉道場はあり、その橋を渡った鍛冶橋御門の内側に、土佐藩邸の上屋敷があるのだった。

「でも、千さん、大丈夫？　土佐藩の上屋敷に入るんじゃ、紹介者とかが必要じゃないの」

「綾さん、おいらを誰だと思ってる？」

と千吉は笑った。

「昔馴染みの門番の爺さんが、酒好きだからさ。さっき篠屋の台所から、貧乏徳利《どっくり》を一本、調達してきたんだ。おかげさんでご利益あって、いろいろ按配《あんばい》してもらったよ」

話す間も、船はすぐに明石河岸を離れ、鉄砲洲の波除稲荷《なみよけいなり》のある岬を左に回って、稲荷橋を潜って行く。この川堀をまっすぐ西に向かって漕ぎ進んで行けば、江戸城の外堀に出る。

その外堀に鍛冶橋が掛かっている。

「ああ、この具合じゃ、四半刻かからずに行けるかな」

堀が空いているのを見て、それまで寡黙だった千吉は、ホッとしたように呟いた。

そしてやっと口を開いて、土佐屋敷での顚末《てんまつ》を語った。

「まずね、筈見謙吉という名は、藩邸の名簿にはなかったすよ」

何かの事情で名簿から落ちた可能性もあるが、身分を偽っていたとも思え、目下その消息は何も分からないという。

「だけど、溝渕広之丞については、思いがけない情報を掴んだんで、ちょっと聞いてくだせえ」

長崎遊学を終えて帰国した溝渕は、持筒役《もちづつやく》となって、藩兵に砲術を指導したという。

戊辰戦争の時はどうしていたか不明だが、乾《いぬい》（板垣《いたがき》）退助《たいすけ》が東山道《とうさんどう》の総督府参謀として土佐軍を率い、鉄砲を担いで甲府《こうふ》、北関東へと進軍して戦ったから、あるいは溝渕も従軍したかもしれない。

「ところが何思ったか、この人、明治になってすぐ引退しちまったそうでね」

維新政府から任官の誘いがあったが、きっぱり断り、高知の山中に隠棲《いんせい》する道を選んだのだと。

「それがどういう事情なのか、その辺のことははっきりしねえんで。もともとそういう人らしいすね。ただ今年になって、単身上京してきたそうで……」

何か残務か、頼まれ仕事があったのだろう。

三か月ほど鍛冶橋の上屋敷で執務していたが、それも終えて容堂公に目通りし、同僚たちにも別れを告げ、二、三日中に品川《しながわ》から出帆するという。

「たぶん今ごろはまだ屋敷にいるから、急ぐように」

と門番は言い、表門の面会受付では溝淵の砲術の弟子に取り次いでもらうよう言われたという。

七

鍛冶橋御門を潜ると、土佐藩邸はすぐだった。

表門は鬱蒼《うっそう》たる木々に囲まれており、その受付で、千吉が面会申込みの手続きをした。三人で門の外でしばし待っていると、ほどなく千葉佐那の名前が呼ばれた。受付まで、兵頭《ひょうどう》と名乗る若い精悍《せいかん》な藩士が迎えに来ており、通用口から庭に面した八畳の座敷に案内してくれる。千吉と何か話してから、

「すぐ参りますきに、少し待ってつかぁさい」

と佐那に頭を下げて出て行った。

やがてずしずしと足音がして、紋服に仙台袴と白足袋、という正装に身を包んだどっしりした武士が入ってきた。

二、三歩入って足を止め、一瞬佐那の顔を確かめてから、駆け寄るように近づいて畳に両手をついた。
「佐那お嬢さん。よう来てくだされた、よう覚えておいでじゃった。それがし、顔は少し老けたけんど、溝淵ですちゃ」

「何を仰いますか、溝淵様、少しも変わっておられませんよ。お会い出来て嬉しゅうございます」

と佐那は両手をついて挨拶してから、しげしげと相手を見た。

昔ながらの下膨《しもぶく》れの瓢箪顔《ひょうたんがお》で、少し肉厚になったようだが、実直そうな印象は変わらない。龍馬より八つ年上の兄貴分で、よく龍馬を遊びに連れ出していたようだ。砲術を勧め、佐久間象山の塾に誘ったのも、この人だったと思う。

「いや、これは奇遇ですちゃ！」

そばに座って、溝淵は言う。

「実は明日にも、定吉先生にご挨拶に上がろうと思っておったがです。ここ三月ほど、わしはこの目と鼻の先におったけんど、まっこと不義理しちょって……。十四年ぶりの、上京じゃけんのう。いろいろ事情があって土佐に帰ってから、初めてですじゃ……」

千葉家もいろいろあったが、溝淵にも言うに言われぬことがあったのだろう。目と鼻の先の千葉道場を訪ねにくかったのは、自分のせいか……と佐那は思いやる。

もし自分が〝正真正銘〟の龍馬の許嫁と知っていたら、定吉や重太郎に何と言葉をかけていいか、思いつかなかっただろうから。

「龍馬殿のことは、まっこと何と申し上げていいか」

と溝淵は膝を正《ただ》して切り出した。

「わしは同じ高知に生まれ育った浅からぬ縁でしてな。あの事件の少し前に、長崎で龍馬と会《お》うとるがです」

「まあ！　そうでしたか」

「あれからですよ、龍馬が船で上洛《じょうらく》したのは。そう、いよいよ討幕の機が煮詰まって、長州も薩摩も、海援隊も、皆京に向かったがです。勝利まで、もうちょっとでしたがや。わが土佐藩邸は、事件のあった醤油問屋の向かいじゃったのに、何故に命を守れなかったか……」

と手の甲で涙を拭った。

「残念です、悔しいですちゃ。ただ、上洛の途中に土佐に寄り、十何年ぶりかで家族に会うたのが、慰めですかのう」

「龍馬様は、最後に乙女様に会われたのですか？」

「はい、これも、亡き父上のお引き合わせちゅうもんかと……。そう、わしは知らせを聞いて、すぐ坂本家に駆けつけ、姉上様に会うたがです。半狂乱の坂本家の中で、乙女さんの落ち着きぶりは、まさにお仁王様の貫禄でしたがや」

その時、襖が開いて、先ほどの兵頭が盆に茶の準備をし、和菓子を載せて、神妙に入ってきた。

「実は今日お邪魔したのは、築地屋敷で溝淵様のことを久しぶりに伺ったからでございますが、正直申してもう一つ、些細なことだけど、その乙女様についてお訊きしたいことがございます」

茶を少し啜ってから、おもむろに佐那が口を開いた。

半月ほど前に、才谷屋東京支店の大坪と名乗る人物が訪ねてきて、乙女に頼まれたこととして、形見に保管している紋服の片袖を買い取りたいと申し出た。その話を、ありのままに語ったのである。

「他ならぬ乙女様のご希望なら……と、私もその気になったのですが、何だかんだ腑に落ちないことがございましてね。でも才谷屋さんなら、手広く東京に進出していても不思議はないですね？」

「………」

溝淵は腕を組んで、少し黙考《もっこう》してから頷いた。

「はい、昔から才谷屋が全国に網を張り、逸品《いっぴん》の発掘に力を入れておるのは確かじゃけん、大坪なる御仁がそんな関係者だったかもしれん。ですが、才谷屋に東京支店があるとは、聞いたことがない」

「上野戦争の火事で焼けたとも思ったんですが」

「その前から、店はなかったんじゃ……。それに乙女様は、龍馬の使った物なら、木刀でも、読み古しのぼろぼろの古書でも大切にしてはるけど、うーん、他人様が大事にしている物を、金で取り上げるようなお人ではござらんよ」

「そうでございますか」

と佐那は目を伏せて、残りの茶を啜った。

「ところで、おりょうさんという女性をご存じですか？」

相手が頷くのを見て、

「このお方はその後、どうされているのでしょう。いえ、別に疑っているわけではございませんが……」

溝渕はまた腕を組んで、しばし黙り込んだ。

「うーん正直申して、わしは見ただけで、そのお人柄は知らんです」

龍馬はおりょうと共に小曽根《こそね》某《なにがし》なる長崎の豪商宅に寄宿していたが、上洛が近くなると、おりょうを下関に住む親しい長州藩士に預けたという。

暗殺後は、長崎に残っていた海援隊の中島作太郎《なかじまさくたろう》が、龍馬の遺言として、おりょうを高知の坂本家へ送り届けることに尽力したのだと。

「では今は、高知の乙女様のそばに？」

佐那が驚いたような声を上げた。

「はあ、龍馬と親しい長州藩士が、送り届けたと。……わしが高知を発った時に、そう聞きましたよ。ただ噂じゃ、おりょうさんは坂本家とうまく馴染まんそうでね。坂本家の嫁となって一年足らずで、家を出るの出ないのと揉めとるそうで……。紋服の袖を云々《うんぬん》する余裕はなかろうと思いますがや」

また沈黙が二人の間に落ちかかった。

八

「……こんな話で、何か参考になりましたかな」

溝淵の声がして、佐那は混迷の中からハッと顔を上げた。佐那にとって、龍馬はいつも柔らかな謎だった。そして今の話を聞いて、謎がますます深まるような気がしていたのである。

「はい、有難うございます。とても参考になりましたが、ではあの大坪という人は、何が目的なのでしょう？」

「それはよう分からん。ですが目端のきく輩《やから》じゃろう。将来のいつか龍馬は名を上げる。それ見込んで、遺品を集めておるのかもしれんな」

佐那は首を傾げつつも、頷いた。

「それはそうと、溝淵様はこの後、高知に帰られて、ご隠居なさると聞きましたが本当でしょうか。何か、なさりたいことがおありなんですか？」

「ああ」

と溝淵は、初めて照れたように笑った。

「いやいや、大したことは考えておらんですちゃ。ははは、ただ当分は、百姓をやってみようと思うとります」

「え、農業を？」

思わず佐那は問い返した。

早くから砲術に目をつけ、それを学んで藩兵に教え、龍馬を後藤象二郎に引き会わせて、土佐を変えた。そのように先頭を切ってこの動乱の世を駆け抜けてきた溝渕が、農業を……。

溝渕は腕組みをして遠くを見る目をし、笑ったまま答えなかった。ただ佐那の問いかけに、何かしら心動かされたのだろう。

「それより、ちくとこの掛け軸を見てつかぁさい」

と立ち上がって、床の間に歩み寄った。

それまで少しも気が付かなかったが、床飾りの李朝《りちょう》の壺に、珍しい白い藪椿《やぶつばき》が無造作に活けられている。壁に掛かっている掛け軸には、太い筆で、二行にわたり文言《もんごん》が書かれていた。

人誰か父母の国を

思はざらんや

「この字はわしが書いちゅうが、文言は龍馬からの書状にあったものでしてな。前文は、〝しばしば故人に遇《おう》て路人のごとくす〟か……」

その文意をこう説明した。

〝しばしば故郷の人に会うことがあるが、自分は通りすがりのように知らぬふりをしてきた。だが、誰が、故郷を思わずにいられようか。それを我慢して知らんふりするのは、情のために志を失うのを恐れるからである〟

「いや、どこでこんな手紙を受け取ったかというと、長崎でしてな。龍馬と再会したはいいが、どうも奴のそぶりが気にくわん」

一緒に街を歩いていて前方から顔見知りの土佐人が来ると、龍馬はすっと路地に身を隠したり、知らん顔をして通り過ぎたりする。

「オンシ何を考えちょるか」

と龍馬に脱藩の意味などを問い訊《ただ》すと、その時は軽くいなされたが、後でこの書状が届き、一読した溝渕は思わず落涙《らくるい》したという。

「龍馬らしい、潔い言葉ですちゃ。わしら、ガキのころから、オンシ、オラで呼び合う仲じゃったきに、裏事情がよう分かるんです。土佐は身分の差別が、日本一厳しい所で、下士は上士と出会えば、道を譲らなけりゃならん、逆らえば斬り捨て御免も許された……。その悲哀は土佐者にはズンと響くものがありますんじゃ。今さら土佐人に会うても、素直に声を掛けられん。わしはこの手紙を形見とし、龍馬を知る者にいつも見せとります」

そんな説明の声が終わらぬうち、佐那の啜り泣きの声がした。

綾もまた、初めて知ったこの志士の言葉と、その死に、涙した。

しばらく袖で顔を覆っていた佐那は、泣くだけ泣くとスッキリしたらしい。それからは、ぜひに定吉と会って帰国してほしい、と溝淵を勧誘するのを忘れなかった。

屋敷を出ると、夕暮れの気配が辺りに漂っていて、急に気ぜわしくなる。

千吉と綾は、鍛冶橋を渡り終えたところまで、佐那を送った。

「今日はお世話様でした」

と佐那は、まだ充血している目を二人に向けた。

「千吉さん、有難う。何か踏ん切りがついたような気がします」

と舟賃の他に、心付けを弾んだ。

「それから綾さん、忙しいところをお付き合いいただいて有難う。あの片袖の件は、大坪さんが見えたら、あちらの目的はどうあれ、はっきりお断りします。ええ、溝淵さんさえあんなに形見を大事にしているのに、どうして私が誰かに譲ろうなんて気になったんだか……」

　言って、佐那は微笑んだ。

「だって私は、龍馬様の許嫁なんですもの」

第四話　満天の星

一

「……鉄砲で撃たれたのよ、うちの人は」

湯気の奥で言っているのは、先ほど洗い場で、綾と隣り合っていた若内儀《おかみ》ふうの女である。

糠袋《ぬかぶくろ》で丹念にこする肌の白さが、目に残っていた。

「へえ、あの上野の戦で？　すっかり元気におなりだねえ」

と老女がそばで相槌《あいづち》を打つ。

「そりゃもう、蒼い眼のお医者様ですもん、日本人とは腕が違います」

女は誇らしげに言う。

大概《たいがい》の江戸っ子は異人を嫌うくせに、医者だけは尊敬している。今の戦傷には、日本の漢方医《かんぽうい》は太刀打ち出来ないと知られてしまったのだ。

そうだった、と綾は去年のことを思い出す。

たまたまの成り行きで横濱《よこはま》まで行き、銃弾や内臓を抉《えぐ》り出す手術の達人に、会う機会があったのだ。

「あ、おきみさん、その異人さんて、もしかして野戦病院の？」

そんな老女の言葉に、綾は立ち上がりかけた腰を湯に沈めた。

「そう、若くて男前の……。うちのあの異人嫌いが、惚れ込んじゃったんだから」

おきみの夫は、イギリス人医師の治療で無事に退院出来たという。元気になったことがあまりに嬉しく、後でお礼に行ったほどだと。

「でもさすが野戦病院だねえ、戦が終わったら跡形も無くなっちまってたってさ」

「おや、国へお帰りかい」

「いえ……」

何か言ったようだが、ザッと湯の音がしておきみは立ち上がり、湯船から上がって行った。

（ウイリアム・ウイリス先生のことだ）

と綾は興奮して思った。

綾が去年会ったのは、まさにその医師である。

(けれど、もう一度お会いしなくちゃ)

綾は湯に浸かりながら、そんな思いに駆られた。

横濱軍陣《ぐんじん》病院は、横濱湾に面した野毛山《のげやま》にあった。綾がその野戦病院を訪ねたのは、昨年(慶応四年)五月半ばのこと。雨が降り続いたり、突風が吹いたりする、例年になく天候異変の初夏だった。

篠屋の客に、薩摩出身の〝閻魔堂《えんまどう》〟という占い師がよく連れて来る、若い遊び人ふうの武士がいた。篠屋では、初めのころは薩摩藩士とも知らず、いなせな江戸弁につられ親しんでいたのだ。

いろいろな名があったようだが、本名を益満休之助《ますみつきゅうのすけ》といい、西郷参謀《さんぼう》の密偵だったと皆が知ったのはつい最近のことである。

その益満が、昨年の上野戦争で薩摩軍に従軍し、足に弾を受けて、神田小川町《おがわまち》の野戦病院に入院した。

弾は貫通して命に別状はないと診断されたが、二、三日して突然発熱したという。

その症状から、従軍していた蘭方医《らんぽうい》の関寛斎《せきかんさい》は、上野の土壌に多いという恐ろしい病気を疑った。

「破傷風《はしょうふう》に冒されたのでは？」

であれば一刻を争う。急遽《きゅうきょ》、横濱に出来た軍陣病院に送られることになった。

そこには完璧な観察眼を持ち、手術の達人と言われ、多くの傷病兵《しょうびょうへい》の救済に奮闘している、優秀なイギリス人医師がいた。

ウイリアム・ウイリスだった。

ただこの日、悪天候や病院船の不在など悪条件が重なって、二丁櫓の舟を篠屋の船頭二人が漕ぐことになり、綾がその付き添いに狩り出されたのである。

おかげで綾は初めて舟で横濱湾を渡って、最先端の医療を誇るウイリス医師に面会するという〝偉業〟を成し遂げることが出来た。

もちろん急患が飛び込んでくる野戦病院は、付き添いはお断りだった。混雑している中、付き添い人にウロウロされては大いに迷惑である。

〝付き添い人はここまで〟

と玄関に貼られた紙を見たが、医者の家に生まれ、医療に興味のある綾は、ここまで来て引き返す気にはとてもなれなかった。

ウイリス医師の見立てをこの耳でしっかり聴き、小川町の野戦病院に報告したいという気負いがあったのだ。

さらに、今をときめくイギリス人医師を、是非この目で見たいという野次馬根性も少しはあったと思う。

そこであれこれ言って中へ入り、ウイリス先生に面会させてほしい旨を訴えて、会えることになったのだ。それはおそらく、綾の人生の最大の僥倖《ぎようこう》の一つだったろう。

手術室の隣の控え室で、しばらく待たされた。

やがて控え室の扉を開けて現れたのは、髭もじゃで肩幅の広い大男だった。

小柄な日本人を見慣れている綾には、見上げるほどの巨人に見えた。いかにも手術を終えたばかりらしく、絶えず、白い消毒布で指先を拭いていた。

栗色の顎髭に隈取《くまど》られた顔、じっと相手の心の中を覗き込むようなアイルランド系の蒼い眼、白衣の似合うがっしりした体つき。

「若くて男前……」

とは言い難かったが……。

辿々《たどたど》しいながらも日本語を話し、この国の遅れた医療向上への使命感が全身に漲《みなぎ》っている、精悍な熱血医師に感じられた。

後で聞いた話では、ウイリス医師は、イギリス公使館付き医官であるため、あれだけ一手に引き受けた戦病者の治療は、一切無償の奉仕活動なのだという。

その人を前にした時、綾はあれもこれも言いたかったが、実際はほとんど何も言えなかった。

与えられた時間が、ほんの僅かだったこともある。

だが実は綾は、医療関係者の休憩室でウイリスを待っていた間に、思いがけぬものを発見したのである。壁に貼られた広告や、黒板に書かれたまま消し忘れた古い当番表のようなもの……を好奇心に駆られ念入りに見ていて、ふと目が止まった名前があった。

〝大石幸太郎《おおいしこうたろう》〟である。

(兄と同姓同名の、他人？)

そう思って立ち竦《すく》んだその時、若い日本人医師が、綾を呼びに来た。ウイリス先生に会おうと、掟破《おきてやぶ》りをした傍若無人《ぼうじゃくぶじん》のこの闖入者のため、面会出来るようあれこれ計らってくれた人物である。

〝杉田《すぎた》〟という名札を胸につけていた。

その医師に、〝大石幸太郎〟について訊くと、

「ああ、大石先生ですか。ええと、その方はウイリス先生の古いお弟子じゃなかったかな」

と首を傾げ、大石先生は三十代半ばの気鋭の医師だったが、少し前にここを去ったと言った。事情はよく分からないと。

杉田医師はここに来たばかりで、大石幸太郎とは入れ違いだったというのである。

(入れ違いとは……!)

綾は呆然としたが、我ながら驚くほど落胆はしなかった。

ウイリス先生に訊けばいいのだから。

ところがいざ会った時、一つの質問も口から出てこなかった。

(私がまず訊くべきは、益満休之助様のことだ)

という強い思いが、綾にはあった。

(まず初めに、それをしなければならない)

銃創は致命傷ではなかったのに、厄介な破傷風に狙われてしまった不運な二十八歳の若者のために。もし、二つのことを訊く余裕がなければ、こちらを優先しないわけにはいかないだろう。

そしてウイリス医師は病状について淡々と語ると、白い消毒布でなお指先をこすりながら、ドアの向こうに戻っていったのである。

綾は呼び戻す勇気がなかった。

結局のところ、今この状況で医師を呼び返すことを諦めた。

大石幸太郎のことを訊くのは、別段、今でなくていい。先生がこの病院で治療活動を続ける限り、いつだって聞けるではないか。

何しろ天皇に拝謁《はいえつ》するパークスに随行して上洛し、開国後初めて京に入ることを許された外国人の一人だった。

また新政府からパークス公使を通じ、土佐の前藩主山内《やまうち》容堂が重態に陥ったからと診察の要請があったほどの、最先端の医師である。

そう思うと、以前のような、焦げ付くほどの焦燥感はなかったのだ。

そんなわけでその日、大石幸太郎については触れずに帰り、そのことを誰にも明かさなかった。

二

改めて病院に手紙を出したのは、昨年の九月だった。

あれから三か月経ち、野戦病院としての医療活動が、そろそろ落ち着いたと思えるころである。

宛先は、野毛山の横濱軍陣病院で、宛名は杉田医師とした。

内容はウイリス先生の最近の動静を伺い、いま一度の面会を依頼するもので、綾はその手紙を書くのに三日も費やした。

ところが幾ら待っても、返事は来なかったのである。手紙が〝宛先人不明〟で戻ってきたのは、今年に入ってからだった。

あれだけ高名で不動に思えた医師が、思いがけず、視界から忽然《こつぜん》と消えたような気がした。

すぐに千吉に頼んで、横濱軍陣病院について調べてもらった。

すると意外なことが分かった。戦線は東北に移っていたため、去年の秋、すなわち綾が手紙を出した直前ごろ、野戦病院は廃され、病院自体は東京神田に移されたのだという。

ウイリス本人はどうしたかといえば、大総督府からの依頼で、信州《しんしゅう》上田《うえだ》、善光寺《ぜんこうじ》、越後、さらに会津と、北上する北越《ほくえつ》戦線に従軍するべく、江戸を発ったという。

慶応四年八月二十日だった。

この医療活動でも政府からの謝礼を受けず、移動には駕籠や馬を使い、また時には徒歩で奥地まで分け入った。傷ついた兵と見ると敵味方なく、治療に当たったという。

護衛は筑前藩《ちくぜんはん》の若い藩士二十五名。同行の医師としては備前藩《びぜんはん》の御典医《ごてんい》と、薩摩出身の若い医師という。

すると……と綾は遠い思いに駆られた。同行したこの薩摩出身の医師とは、あの杉田医師だろうか？

それからまた時が経っていて、今は明治二年も秋である。

綾は物思いから覚め、慌てて湯船から上がった。

ザッと上がり湯を浴び、先に上がったおきみを追ったのである。

脱衣場に出ると、おきみと思《おぼ》しき女は浴衣《ゆかた》をゆるく羽織って、縁台に腰を下ろしていた。

綾は手早く着物を身につけ、髷を直すふりをして近寄った。

「あの、先ほどのお話を聞いちゃったんだけど、その異人のお医者様って、ウイリス先生のことでしょう？　戦が終わった今は、どちらにいなさるんですか？」

と何気なく話しかけてみた。

するとと放心した顔でパタパタ団扇を使っていたおきみは、振り返って頷いた。

「お知り合いですか？」

「いえ、知ってるのはそのお弟子さんですけど。今はどこにいなさるのか、気にしていたんですよ」

「ウイリス先生なら、新しい病院の院長になられたはずですよ」

「えっ、どこの？」

「ええと、下谷だったかな……。病院の名は忘れちゃったけど、藤堂《とうどう》屋敷跡って聞いてるけど。今年の二月ごろでしたっけ」

「今年の二月に、下谷へ？」

（下谷の藤堂屋敷といえば、たしか柳原《やなぎわら》土手の、対岸辺りではなかったかしら。柳原の古着市には下駄履きで行くのだから、ずいぶんと近い所だ）

驚いて、そんなことを思い巡らしていると、相手は肩をすくめて笑った。

「いえ、詳しいのはあたしじゃなく、うちの人なんですよ」

おきみの亭主は蔵前《くらまえ》の火消人足だった人で、上野戦争では、彰義隊《しょうぎたい》に加わって戦ったというのだ。

だが脇腹に銃弾を見舞われ、瀕死《ひんし》の状態で這い逃げるところを助けられた。

といえば幸運みたいだが、何を間違えられたか、運ばれた先が小川町の新政府軍の野戦病院だったのだ。

治療前の身体改めで彰義隊と判明し、

「なんや、こんわろは敵や!」

「我らに紛れて助かっ気か、ふてぶてしか奴!」

「外に放り出し、カラスん餌にせえ!」

などと口汚く罵って騒ぎだした。

その勢いたるや凄まじく、そこにウイリス先生が顔を出さなかったら、とても命は助からなかっただろう。

薩摩軍の気の荒さは有名で、それまでの江戸の戦闘で負傷した敵兵は、全て打ち首にされるのが習わしだったのである。

そもそも敵は殺すべきものと考えられていたから、薩摩軍には捕虜《ほりよ》というのが存在しないという。

軍医として狩り出されてきた新政府軍の医者が、敵兵の負傷者も治療した廉《かど》で処刑され、その生首が吉原入口の山谷《さんや》に晒されたというおぞましい話は、すでに江戸中に広がっていた。

おきみの亭主が敵軍の野戦病院に運ばれた時、ウイリス医師は小川町へ、傷病兵の視察に来ていて帰る矢先だった。その江戸滞在中に、自らも出来る限りの治療を施していただけに、間違って運び込まれた敵の傷病者への仕打ちを見て、

「負傷者に敵も味方もありません！」

と色をなして怒った。

「ここにあるのは天から授かった尊い命。必要もない人命の犠牲を、私は全力を挙げて救ってきたつもりです。あんた方のように、死を何とも思わぬ野蛮な輩に、傷病者を預けておくわけにはいかない！」

と帰りの病院船に引き取って、横濱まで運んだという。

おかげで、おきみの亭主は一命を取り留めたのである。

大の外人嫌いで筋金《すじがね》入りの攘夷論者だったおきみの亭主は、以来、すっかり人が変わってしまった。

今はさる大店の用心棒をしているが、暇をみては自ら畑を耕し栽培した採れたての野菜を、せっせとウイリス先生に届けているという。

藤堂家上屋敷跡に建ち上げられたという新病院について、綾は今度も調査能力の優

れた千吉に頼った。

「藤堂家か、家紋は蔦《つた》だね、よっしゃ……」

と二つ返事で引き受けた千吉は、いろいろと調べてきてくれた。

船宿で雑用に追い回されている綾には、知るよしもないことばかりだった。

まず藤堂家の上屋敷は、下谷和泉橋《いずみばし》通りにあった。この和泉橋の名は、藤堂和泉《いずみ》守《のかみ》の名に由来している。

幕末まで、徳川幕府はここに〝西洋医学所〟を置き、解剖の実地講習を行うなどして、西洋医学を普及させてきた。

それが戊辰戦争の戦禍で廃校になっていたため、明治新政府が目をつけ、〝医学校〟として復活させたのである。

この医学校は今年、そこにあった大病院（元軍陣病院）と合体し、〝医学校兼大病院〟（後の東京大学医学部）となり、一般に〝大病院〟と呼ばれるようになった。

この大病院の院長に、新政府はウイリス医師を迎えたというのである。

北越戦争に従軍して敵味方なく治療を行ったその偉業が評価され、また西郷隆盛ら薩摩藩首脳部の推薦を得てのことだった。

それに当たってウイリスは、上司であるイギリス公使パークスから、一年間の賜暇《しか》休暇をもらっている。まずはお試し期間ということか。

新しく始まった院長としての日常は、多忙を極めたようだ。

すぐ近くの小綺麗な家に居を構えたが、五つ（朝八時）にはその家を出て、五つ半（九時）から始まる大病院に入り、入院患者の診察に当たる。

患者には、薩摩藩士や西郷参謀の部下が大勢いて気勢を上げており、わがまま一杯だったから、看護がたいそう難しかったらしい。

九つ（十二時）にはそれを終え、昼食と短い休憩を挟んで、八つ（午後二時）から外来の患者を診察。その一方で二百名にも及ぶ医学校の学生に、臨床治療についての講義を行うのである。

それが一段落してから夕食まで、個人的な研究に没頭する。

筆まめなウイリスはこれまで、食後から就寝までの時間を、手紙や論文の執筆に当てていたようだが、院長になってからは手紙一本書く余裕すらなかったという。

この医師は、文久二年（一八六二）春に初めて来日し、いきなり生麦《なまむぎ》事件という大事件に遭遇している。

若いイギリス人四人が神奈川宿《かながわじゅく》の近くで、薩摩藩主の父・島津久光《ひさみつ》の大名行列を騎馬で横切って、護衛兵に斬られたのである。その怪我人の一人ボロデール夫人が横濱まで半死半生で辿り着き、急を告げた。

報せを聞いた公使館の士官らは直ちに武装し、それぞれ騎馬護衛隊を率いて、全速力で殺戮《さつりく》の現場まで疾走《しっそう》した。行列の脇をすり抜ける時、帯刀《たいとう》した家来が飛び出してきたり、住民らが行手を塞いだりした。

身の毛もよだつこの決死行で、誰よりも先頭を駆けたのが、あらん限りの医療品を馬に積み込んだ二十五歳のウイリス医師だった。

ちょうどこの事件のころに来日したイギリス外交官アーネスト・サトウは、親友ウイリスの活躍を、こう語っている。

「医者としての職務に対する強い義務感のために、かれは全く恐怖心を感じなかったのだ」

愚直《ぐちょく》なまでに忠実な、熱血医師ウイリスらしい挿話《そうわ》である。

その後ウイリスは、医官でありつつ公使パークスの首席補佐官に昇格し、公使に随行して、維新動乱の西国各地を回った。

大坂城では徳川慶喜《よしのぶ》への謁見《えっけん》を果たしたし、また京では薩摩藩の要請で、相国寺《しょうこくじ》に置かれた薩摩野戦病院に赴き、鳥羽《とば》・伏見《ふしみ》の戦で負傷した薩摩兵を治療して、多くの命を救ったのである。

その中には西郷隆盛の実弟・西郷従道《つぐみち》もいた。

首に銃弾を受け瀕死の重傷を負ったが、最新の医療による手術で快癒している。

こうして様々な局面で、出遅れたこの国の医学に貢献し、孤軍奮闘の日々を過ごしてきたウイリス医師には、

「日本における西洋医学の父」

という賞賛の声が、身近に聞こえるようだった。

三

その人物から兄の話を聞けるなら、早速にもその大病院を訪ねたいと綾は願った。

手紙はもうこりごりだし、何よりも藤堂屋敷は柳橋からかなり出やすい場所にあった。直接この足で訪ねて行った方が、手っ取り早そうだった。

地図を広げてみると、柳橋から神田川上流に向かって、浅草橋《あさくさばし》、新《あたら》シ橋《ばし》、和泉橋とある。藤堂屋敷は、この二つめの新シ橋と、和泉橋の中間にあるのだ。

川沿いの道を歩いて往復しても、散歩程度の道のりである。

藤堂屋敷といえば伊勢津藩《いせつはん》の上屋敷。藩祖は戦国時代に活躍した高虎《たかとら》で、名君とう

たわれた城普請の名手だった。

江戸に拝領した屋敷は一万五千坪という広大な敷地を占めている。

その辺りを通ったことは何度かあり、大方の地理や、道順はほとんど分かっていた。

しかし……と綾は思い直した。

先方は職務中だから、突然押しかけられても迷惑千万に違いない。すぐには会うことは出来ず、二重手間になるだろう。

そう考えれば、やはり杉田医師に手紙を書き、あらかじめこちらの事情を知らせておくのが礼儀だった。

そこで硯箱《すずりばこ》と和紙を整え、自分の現状と兄のことを簡単に説明し、ウイリス先生に面会したい事情を、二日がかりで一文に認《したた》めた。

返事はなかなか来ずやきもきさせられたが、半月後に届いた。

その丁寧な長文と達筆からして、杉田医師は、去年会って以来ほぼ一年ぶりの綾の手紙を、喜んで読んでくれたようだった。

「自分も綾さんの消息を知りたかったが、身辺慌ただしくて手紙を書く暇がなかったのです」

と弁明している。また兄に関する事情にはたいそう驚き、ウイリス先生には必ず伝

える が、自分なりにも調べてみたいと。

「ただウイリス院長は目下、大変に多忙であります」

何ぶんにも、建ち上がったばかりの大病院である。

新政府の肝煎《きもい》りで、行く行くはこの国の医療の最先端の、国立病院となるのである。

外国人の院長が、運営上で様々な問題にぶつかるのも、無理のないことだった。

だがそれだけではなかった。

イギリス医学を奉じる院長は、周囲を十重二十重《とえはたえ》に〝敵〟に囲まれているのだと、
杉田はいささかおどけ気味に書いてきた。

「まず獅子身中《しししんちゅう》の虫とは、この際、蘭方医のことであります。ご存じのように、この病院の前身は、幕府の西洋医学所だったのです。徳川以来の伝統あるオランダ医学でした。長崎の養成所に、全国から集まってみっしり学んだ俊英たちが、さらに最新の医療を身に付けようと、鵜の目鷹の目で、院長の一挙手一投足を見守っているのですから」

なるほどと、綾は溜息をついた。

「もう一つ恐ろしいのは、未だ隠然《いんぜん》たる力をもつ漢方医の存在です。西洋医学のせいで力を失いはしたが、未だ古来からの伝統の医薬を誇り、それ相応の治療を施すため

に、医学の前線にも呼ばれてきます。連中は古い漢方に凝り固まっているから、隙あらば非をあげつらおうと、虎視眈々《こしたんたん》とこちらを狙っている。そうした中で先生は、イギリス系医学の基礎を確立しようと、孤軍奮闘しておられるのです」

だが杉田の筆は、明るかった。

「それもこれも産みの苦しみというもの。いずれ、時間が解決してくれます。先生の剛腕《ごうわん》をもってして、切り開かれる時が来るでしょう。戊辰戦争で果たした功績は、何人《なんぴと》も無視することは出来ません。小生も、全力を尽くして師を支えていますから、どうかご心配なく。お申し越しの件については、なるべく早く計らうつもりですから、次の手紙をお楽しみに」

そんな弾んだ文章で、締めくくられていた。

だが次の手紙は来ないまま、十月に入った。

そぞろ空気が澄み渡り、朝夕は寒いほどだ。

綾はじっとしていられなかった。

だがお波の不在が響き、心は逸《はや》っても、半刻（一時間）以上店を開けるのは、なかなか難しいのだ。

とはいえ返事を待つ間に、藤堂屋敷への道順を確かめるぐらいはしておきたい。下谷のあの辺りは、上野戦争では焼けなかったはずだが、どこか変わったところがあるかもしれなかった。

そんな十月半ば、午後からお簾が出かけ、お孝が留守番を言い付かった日があった。綾はこのお孝の助けを借り、日本橋方面に用事があるとして、午後一番に出かけることにする。

朝のうちに雷鳴《らいめい》があったが、午後には晴れ上がった。綾はいつも通りの仕事着から前掛けを外し、筆記用具と手拭いが入った籠を提げ、日和《ひより》下駄をつっかけて店を出た。神田川沿いの道を上流に向かって足早に進むと、間もなく浅草御門前の広場に出る。先日、ここから浅草橋を渡ろうとしたお孝が、

「お久しぶり」

と背後から、不意に言葉をかけられたという。振り返ると、しばらく前に篠屋を辞めたお波が立っていたと。

「近ごろの篠屋の景気はどう？」

などと探りを入れてきて、実は店に帰りたいから、おかみさんに頼んでほしいと言われ、お孝は慌てて手を振った。

「ダメダメ、あんたが自分で頼まなきゃ」

「一言、お耳に入れてくれればいいの。お波が帰りたがってるって」

と囁くように言って肩をすくめ、路地に消えて行ったという。

「おお、嫌だ嫌だ、あの子が戻ってくるなんて。ゲンが悪いから帰ってきちゃったよ。鶴亀鶴亀……」

お孝が、そこまでお波を嫌っていたとは知らなかった。

「こんなケチな船宿に、いつまでもいるもんか」

と捨て台詞《ぜりふ》を残してお波は辞めたのだが、何故またその船宿に戻る気になったのか。

外の世界は思ったより厳しかったのかしら、などと考えながら、綾は浅草御門の前を通り過ぎる。

その先は柳原通りで、土手には柳の木がどこまでも続く。

柳の木の下を歩きながら、銀杏《ぎんなん》の匂いが鼻をつくので見回すと、左側の郡代屋敷の庭から、イチョウの木が枝を差し伸べていた。

道に落ちた沢山の銀杏が、人に踏まれて潰れたり腐ったりして、独特の匂いを発しているのだ。

その先にかかる『新シ橋』を渡り、下谷に向かう通りに入る。少し行って、左側の木々の多い広い道に折れると、神田佐久間町《さくまちょう》通りだ。

少し進むと、小倉袴《こくらばかま》に白木綿の兵児帯《へこおび》をした学生二人とすれ違う。

その先の通りに面し、周囲に二間堀を巡らして威容《いよう》を誇る広大な藤堂屋敷が見えてくる。

屋敷を囲む塀は、見るからに堅固な門長屋《もんながや》だった。

その壁は、灰色の瓦《かわら》を漆喰《しっくい》で塗り込んで碁盤《ごばん》の目のように作られており、その所々に〝武者窓〟があいていて、腕の太さもあろうかという木が縦にみっしり嵌《は》まっている。この門長屋が医学生の寄宿舎になっていると噂に聞いたが、先ほどの学生がそうだったのか。

表門は、両側に番所がついた格式高い門構えで、門前の堀には頑丈そうな橋が掛かっていた。

以前ここを通った時は、

「古き良き時代がここにある」

……などと呑気《のんき》に考えたものだが、今は、津藩が江戸に構えた堅固な砦《とりで》としか思えない。新時代になり、この古い塀の奥は、今やこの国の最先端の医療現場だった。

そこでウイリス医師は臨床医として、クロロホルム麻酔法や、四肢切断術を披露し、骨折に副《そ》え木を使う方法なども指導している。

日本で初めて看護人に女子を採用したのもウイリスだった。

その周囲で、長崎養生所出身の蘭方医が、少しでも時代に遅れまいとしのぎを削っているのである。

そんな様を想像しながら、表門や番所を目に焼き付けて、綾は門前をゆっくり通り過ぎた。

これでいいと思った。

いずれ知らせが届いた時、自分が物怖《ものお》じせずに入って行くための、おまじないみたいものである。

静かな佐久間町通りを抜けると、賑やかな和泉橋通りに出る。

そこを左に折れると、神田川だ。新シ橋の一つ上に和泉橋がかかっていて、綾はこの橋を渡った。

橋からは対岸の、上流に向かう柳原土手が一望され、その土手の切れた所に、柳《やなぎ》森《もり》神社という古い神社が見える。

この辺りに来ると綾はいつも、少し足を伸ばして、その神社に参詣《さんけい》して帰るのである。

四

柳森神社とは、鎮守《ちんじゅ》のために植樹された〝柳の森〟に由来する。

今をさる四百年以上前、太田道灌《おおたどうかん》が江戸城築城の際、鬼門除《きもんよ》けとして佐久間町一帯に柳を植え、鎮守の森を作った。

神社はその翌年に創建され、以来、江戸八百八町《はっぴゃくやちょう》の繁栄と共に、たいそう栄えてきたと言われる。

境内は広くはないが、鳥居《とりい》の中には多くの社《やしろ》があり、商売繁盛、立身出世など実利を願う民心に添って、お狸様《たぬき》、狐《きつね》、龍神《りゅうじん》、狛犬《こまいぬ》……など沢山の神が祀《まつ》られていた。

そうした人間臭さの一方で、この界隈は祭り以外の時はひっそりしており、境内には静かで古い時間が流れていた。

無心に手を合わせると、心なし清々しい気分になれるのだ。

綾はこの日も、人けがあまりないのを確かめて、鳥居を潜った。一つ一つの社に、濃い樹木の匂いが垂れ込めている。

綾は飛び石を伝って本殿に向かい、いつものように、兄との再会を祈った。その後、小鳥がチチチ……とさえずる中を、社殿の背後に広がる神田川を見ようと、何気なく本殿の背後に回りかけた。

川から、櫓を漕ぐ音が上がってくる。

木の陰を出てそちらに進もうとして、ハッと足を止めた。

そこに誰かいる。

鬱蒼とした木々の向こうに、赤い柵が巡らしてあり、そこから川を見下ろすことが出来るのだが、そこに先客がいたのだ。

赤い柵にもたれ、こちらに見せている後ろ姿は巨大だった。

大きく張ったその肩に、黒っぽい長い上着《コート》を羽織り、背も高く、外国人と一目で分かった。

（人違いだろうか）

綾は驚きで立ち竦み、目を凝らした。

あの高名で多忙な医師が、まさかこんな所へ？

だが考えてみると、綾は九つ（十二時）を過ぎてすぐに店を出てきたから、ウイリス医師は今は昼休みには違いない。

ただこの位置で見た限りでは、単身で来ているようだ。いくら新しい世になったとはいえ、外国人が護衛もつけずにただ一人で町に出るなど、考えられるだろうか。

今年、築地に外人居留地が出来たが、そこの商館で働くある若者が、篠屋に来てこんな話をしていたのを思い出す。

外国人は誰でも、大小をさしていてすぐ喧嘩腰になるサムライを、ひどく恐れているという。そうした連中が振り回す刀は鋭利で重く、一刀のもと肩から腰まで斬り落とすことが出来る、と信じられていた。

だからイギリス公使館では、

「一インチでも刀が抜かれるのを見た時は、直ちに拳銃を発射せよ!」

と指導しているという。

綾は木の陰に立ち尽くして、様子を窺った。

櫓漕ぎの音や、叫ぶ声や、橋を渡る下駄の音など、賑やかな午後の町の騒音が、風に乗って押し寄せてくる。

その人は川を上り下りする舟を見ているのか、対岸の下谷の町の彼方《かなた》の空を眺めているのか。何だか放心したように柵にもたれていて、動かなかった。

だがふとした気配を感じたのか、その人は急に振り返った。

綾はぎょっとして身を縮めたが、その人は俯いていてこちらを見ず、その場にしゃがんだ。

足元にいたのは大きな猫である。

そうだった、この神社に猫が多いのは有名なのである。誰にも追われないから、社殿のあちこちに寝そべっている猫たちは、祀られている狸や狐の像に混ってのうのうとしていた。

巨体を丸めるようにしゃがみ、擦り寄ってくる白黒ブチの猫に大きな掌を差し伸べる姿は、いかにも和《なご》やかにくつろいでいるようだ。

髭もじゃの顎、意志的に吊り上がった眉、一徹そうに見開かれた蒼い目……間違いようもなくあのウイリス医師だった。

だがその顔は……。

何と以前と変わっていたことだろう。

張ちきれそうだった頬はげっそりして、疲れ果てているようだ。

憔悴《しょうすい》した顔をほぐしているその微笑は、はるばる海を越えても変わらぬ猫の在りようにに、癒されていると感じるのは勝手すぎるか。

もしかしたらウイリス医師は、一人で、誰にも断らずにあの砦を彷徨《さまよ》い出てきたのではないか、とさえ思えた。

特にこの神社を目指して来たものか、それともどこか身を隠す場所を探して迷い込んだものか。

話しかけてはいけない気がして、綾は息を呑んで見つめた。

その時、境内を駆け込んでくるような足音が遠くから聞こえた。

綾は身じろぎしたが、ウイリス医師はそのまま動かない。誰が来たのか、想像がついていたのだろう。

「やっ、ドクター、やっぱりここでしたか」

駆け寄ってきたのは、若い日本人だった。

「皆、心配してますよ。馬を外に繋いであるんで、すぐお戻りくだされ」

黒いズボンに半纏《はんてん》という風体からして、馬係だろう。

その落ち着いた言葉からして、どうやらウイリス医師がここに彷徨い込んだのは、これが初めてではないらしい。

医師は観念したようにゆっくり立ち上がり、英語で何か猫に話しかけた。そして二人は前後に並んで、ここを立ち去ったのである。

カラスが騒がしく鳴く中に、綾はしばらく立ち尽くしていた。

（何があったのだろう？）

そう考えながら篠屋に戻ると、まるで符合したように綾に手紙が届いていた。

綾はドキリとして手紙を手に、急いで女中部屋に入った。

差出人は杉田医師で、内容は今回はごく短く、一枚の和紙に要件のみが認められていた。

〝前略　明日の八つ（午後二時）から七つ（四時）くらい迄に、和泉町藤堂屋敷まで来られたし。表門の番所で杉田の名を言えば、分かります。取り急ぎ。杉田〟

五

綾は、その夜のうちにおかみに断って、明日の外出の許可を得た。

翌日、朝のうちに強い雨が降ったが、やがて止んだ。

綾は早めに昼飯をすませて、身だしなみを整える。

さすがに今日は仕事着を脱ぎ、一張羅《いっちょうら》の紺縞の銘仙《めいせん》を着て、地味だが派手に見える黒繻子《くろじゅす》の帯を巻き、日和下駄を突っかけて店を出た。

昨日と同じ道を辿ったが、今日は何も見ないし銀杏の匂いも感じない。

(ウイリス医師に何かあったのではないか)

とそればかり考えていた。

どこかの寺で、鐘を八つ鳴らし終えた時、綾は表門の番所の前に立っていた。表門番所で、杉田医師に面会したいと申し込むと、すでに連絡があったのだろう。

「はい、ここに署名してください」

とすぐに帳面を出された。滅多に署名などしたことのない綾は、少し迷って、篠屋綾と書いて返す。

次は正面に見える建物の受付に行くよう指示されて、表門を潜った。

そばに紅く紅葉した茂みがあって、綾はふと立ち止まる。〝満天星〟という不思議な名前の花で、〝どうだんつつじ〟と読む。春に鈴蘭《すずらん》に似た白い可憐な花をつけるので気に入っていたのだ。

瓦屋根の古めかしい日本屋敷の玄関は、広い待合室にもなっていて、杉田医師の名を言ってから、しばらく待たされた。

やがて鼠色の着物に白い襷《たすき》と前掛けをし、白い布で丸髷を巻いた、四十前後の体格のいい女性がそばにやって来た。

「篠屋の綾さんですね？」

　と相手はテキパキと言う。前に軍陣病院で会った看護人を思い出しつつ、綾は頷いた。

「私は杉田先生から頼まれたナースです。実はつい先刻、急患がありましてね。先生は手術に立ち会っておいでなので、私がご案内致します」

「案内って、あの……ウイリス先生の所ですか？」

　何だか変な気がして、おずおずと綾は言った。

「あら？　ドクターは今日はお出かけです。綾さんに会いたがってる方がおられるんですよ、聞いておられませんか？」

　ナースの声が尖った。

「いえ、何も……」

　綾は混乱し、息が詰まりそうになった。慌てて杉田の手紙の文面を思い浮かべ、誤解に気付いた。

　杉田は自分を病院に招いたけれど、ウイリス医師のことは何も書いていなかったのだ。それを頭からそう思い込んでいた自分が穴があったら入りたいほど恥ずかしく、滑稽《こっけい》な気がした。

「すみません、その方はどなたですか？」

「ええと……入院病棟の患者さんですね」

と手にした紙片を見て、名前を読み上げた。

「これ、みちばと読むのかな、ええ、道場《みちば》与十郎《よじゅうろう》さまという方です」

道場与十郎……？　綾は首をひねった。

「人違いじゃないでしょうか」

「いえ、杉田先生のご指示通りです。外から回りますよ」

とナースは、綾の困惑など意に介さず、さっさと外に向かう。その背中を、綾は小走りに追いかけた。黙って従うしかない。

ナースは本館を迂回《うかい》し、すぐ裏の二階建ての洋館に入って行く。建物の中へは土足のままで入るが、下駄履きは禁じられていて、綾は上履きに変えさせられた。

消毒の匂いのする静かで薄暗い長い廊下を、中庭に沿って進むと、ナースは幾つか並ぶ中で、最も奥のドアを開けた。

薬液の強い匂いがこもっていて、綾は思わず息を止める。

そこには白い布で仕切られた寝台が幾つも並び、その多くは入り口の暖簾《のれん》が開いていて、患者が横たわっているのが見えた。

ナースは奥までずんずん進み、奥の角にある仕切りの前で止まり、

「道場様、お客様です」

と中に呼びかけ、綾に軽く会釈して戻って行く。入り口の暖簾は開いていて、窓からの明かりが仕切り部屋に差し込んでいた。

綾は入り口のそばに立ち尽くした。

自分を待つ人は何者なのか？

実を言えば、長い廊下を辿って来るうち、ハッと閃《ひらめ》いた人物がいたのである。

まさかと思ったが、頭の中で手がかりを一つずつ検証していくと、いちいち符合《ふごう》する！

その人は一昨年十二月、薩摩三田《みた》屋敷で幕府の焼き討ちに遭い、海上にいた迎船《むかえぶね》の藩船に逃げ込んだ。だが船は幕府軍の主力艦咸臨丸《かんりんまる》の追撃を受け、その人は銃創を負って、京の医療所でしばらく治療していたはず。

その後は不明だが、薩摩に帰ったと勝手に思っていたのだ。

一方ウイリス医師は翌慶応四年、薩摩藩から要請を受けて京の野戦病院に赴き、鳥羽伏見から回されてきた多くの負傷兵を治療したと聞く。

今年、この大病院の院長として赴任してからは、京に残した重傷者を呼び寄せたという話もある。

それに当てはまる知り合いはただ一人。

両国橋の袂に見世を張り、仄かな灯りの中で辻占《つじうらない》をしていた易者である。元は薩摩藩士だったそうだが、武士に嫌気がさして脱藩し江戸へ。趣味だった易学《えきがく》を生かし、人相や手相を観てきた閻魔堂である。

そうと知っても、中に入るのが怖かった。何故こんな所にいるのか。どうして一年以上も入院しているのか。

その時、綾さんじゃな……と中から低い嗄《しゃが》れ声が聞こえ、

「はい、お邪魔します」

と覚悟を決め中に一歩入った。

だが寝台を見たとたんにグラッと眩暈《めまい》がした。

そこに横たわっていたのは、首から上を包帯でぐるぐる巻きにされ、誰とも見分けもつかないではないか……。とはいえ、包帯から出ている左目と口は、どうやら閻魔堂らしい。

その目は笑っていた。

「顔半分吹っ飛んだだけじゃ。驚くことはなか」

ははは……と笑ったようだが、掠れて声にならない。

「会わんで行こうと思うたがな」

「あ、どこへ行かれるんですか?」

「相変わらずやなあ、おはんは。行くのは、彼方さ」

相手のいつもと変わらぬ軽口に、綾はやっと気を取り直す。

「いつまでも阿呆《あほ》ですみません。私はてっきり、薩摩に帰られるのかと思ったもんで
……」

「いや、ドクターがいなけりゃ、おいは生きちょらんよ」

いつも流暢な江戸言葉を操っていたこの人物の口から、薩摩弁を聞くのは初めてだった。

呟き込みながらも閻魔堂は、薩摩弁混じりの聞き取りにくい言葉を、切れ切れに続ける。

「おまんさんには逢おごたったが、こん姿を見せとうなくてのう」

私に逢わなかったのは、この姿を見せたくなかったから、と？

「何を弱気なことを……」

「いや、おいはこげん一つ目小僧になったが、前よりよう見えちょるぞ。おはんは、よかおごじょになった。やっと男が出来たかな？」

「そ、それはあいにく……」

と綾は手を口に当てて笑った。

「人は満天の星じゃて、幾つもの顔を持つ」

え？……と綾は思う。

閻魔堂は時々、意味の分からぬことを言う。

「そん一つの顔を見て、ご神託《しんたく》を告げる。だから外れはない、どれも当たりさ」

と閻魔堂は笑い、少し瞑目《めいもく》した。

よく分からないが、閻魔堂は笑いたかったのだ、と綾は思う。囲りを包む空気が重すぎるから、昔のように軽口言って笑いたかったのだ。

「ははは。せっかく会うたんじゃ、占ってしんぜよう。寝台に張り付けられても、辻占だけは出来る……」

と枕の下から筮竹《ぜいちく》を出し、ジャラジャラといじっていた。

「お、やっぱり男の相《そう》が出ておるな」

「ほほほ、またまた……」

「この先、ドクターは薩摩に行くじゃろうな」

「え、ドクターが薩摩へ？」

「おいも追うて行きたいが、たぶん間に合わんじゃろう」

「…………」

「いやいや、人は満天の星よ」

そこでまた謎めいた言葉を口にし、また激しく咳き込んだ。

綾がおろおろしていると、どこかで様子を見ていたものか、すぐ先ほどとは別のナースが走り寄ってきた。

「患者さんはお疲れです、今日はこれまでにしてください！」

背中を押され、仕切り部屋から押し出されそうになった時、背後で動く気配がしてベッドが軋《きし》んだ。

ハッと振り返ると、閻魔堂が体を少し起こして見送っている。

「ああ、閻魔堂さん、無理しないで。また来ますから」

「あいがとごわす……」

と言ったのか。包帯に埋もれた片目が、涙で光って見えた。

六

　病室を出ると、思いがけなくそこに杉田医師が立っていて、独特の消毒液の匂いが鼻を掠めた。

「杉田さん……」

　その懐かしい顔を見ると、綾は思わずその名前を呼んだ。一度会っただけのこの男の胸に、倒れ込みたくなった。

　閻魔堂のあまりの変わり様にこみ上げるものを堪《こら》えきれず、恥も外聞もなくしゃくり上げたかった。

　だが綾はそんな発作が通り過ぎるのを待って、言った。

「ともかくここを出ましょう」

　外は陽が少し傾いていたが、まだキラキラと晩秋の日が輝いていた。

　紅葉した木々の中の道を、二人は肩を並べて歩きだす。この先にあるという四阿《あずまや》を目指した。

「……そうでしたか」

歩きながら閻魔堂の見舞いの顚末を聞いて、杉田は大きく頷いた。

「あの方が、薩摩出身の占い師とは知ってましたよ。何せ、病院では人気者でして、よく人に頼まれて占ってました。しかしまさか、綾さんと親しかったとは」

「いえいえ、篠屋のお客様ですよ。ただ、よく笑わせてくれたんです」

「篠屋の綾さんを呼んでほしいと頼まれ、驚きましたよ。どうして知ってるのかと。自分こそ話したいことが山ほどあるのに、何でこの人が先かと……」

と杉田はわざと顔をしかめてみせた。

二人はそれから無言で、築山《つきやま》にある四阿まで歩き、木の椅子に腰を下ろしてから綾はおもむろに言った。

「ドクターに、一体何があったんですか？」

「え？」

杉田はハッとしたように、綾を見た。

東北従軍のおかげだろうか、去年病院で会った時は青白かった顔が、今は浅黒く引き締まり、眼の光も強くなったようだ。

「どうしてそれを？」

「閻魔堂さんが妙なご託宣をしたんです」

と、あの〝ドクターが薩摩に行く〟話をした。

昨日の柳森神社で見たことについては、言うまいと思うが、閻魔堂から聞いた謎かけは、何か意味があると思ったのだ。

「うーむ、さすが閻魔堂、ちゃんとウラを取ってましたかね。ドクターの話は事実です」

「えっ」

綾は驚いて、腰を浮かした。

「それはいつのこと？ どうしてですか？」

下の道を若い小倉袴の学生が数人、何か喋りながら通って行く。

「これはまだ内密のことですが、ドクターは辞表を書かれました。この大病院の院長を、来月には辞められるはずです」

「まあ、本当ですか」

閻魔堂はあの病院の片隅の寝台に縛られながら、ちゃんと情報を仕込んでいたのか。

「どうしてですか？」

「うーん、いずれ分かることですが、どうも、簡単にはなかなか説明しにくい話です。これはドクターというより、うーん、日本の医学界の問題ですからね」

ウイリス医師は、今年の一月二十日から新しい職場に勤め始めた。

それと時を同じくして二人の蘭方医が、〝医学取調御用係〟として、乗り込んできたのである。

これは明治新政府の任命によるもので、一種のお目付役だろう。佐賀《さが》藩医《はんい》の相良知安《さがらともやす》、福井《ふくい》藩医《はんい》の岩佐純《いわさじゅん》で、二人とも長崎でボードインやポンペに、ドイツ医学をみっちり学んだ精鋭だった。

新政府は、あの苦しい戊辰の戦乱のさなか、医者として多大な貢献をしたイギリス人医師に感銘を受け、新国立病院の設立に際しては、院長の椅子を提供することで、報いたかったのである。

その代わり蘭方医の俊英を脇に配して指導体制を作り、進行状況を密に報告させて、暴走を防ごうと考えていた。

いずれにせよ日本医学の本流は、この二人の協力を得て、英国系の医学になるはずだったのである。

ところが二人は、すんなりとはそれに従わなかった。

自分らが学んだ徳川幕府の伝統あるオランダ医学が最も優れていると信じ、その原典としてのドイツ医学こそ、日本医学の範《はん》たるべきものと考えていたのだ。

そんな土壌の中で、日本には馴染みの薄い英米系医学の基礎を確立するのは、ウイリス医師でなくても至難の業だったろう。

もともと英米系医学は、外科療法に優れ、実習を重要視する。

それに対しドイツ系は学究的であり、日本の士族の教養や文化に、馴染みやすいものだったと言われる。

加えてウイリス医師は、優れた臨床医であり、暖かく公平な人道主義者であったが、どうやら論理的に基本の体系を立ち上げることは、不得手だったらしい。

その講義は手薄で、子ども騙《だま》しだという批判すらあったようだ。

「……五月になってもこの学校・病院の体裁《ていさい》がまだ整っていない。従って、医道の基本が立たず、ウイリス医師はその任に耐えないと考えざるを得ない」

と岩佐と相良は、報告書で新政府に訴えた。

しかしかの大恩人を、今さら解雇《かいこ》するわけにはいかない。

二人は、開成所《かいせいじょ》の教壇に立つオランダ人フルベッキに相談して、その支持を受け、また大隈重信《おおくましげのぶ》や伊藤博文《いとうひろぶみ》、江藤新平《えとうしんぺい》ら、政府要人を味方につけ、ウイリス医師を現職から引きずり下ろすべく画策したようだ。

実際に講義を妨害したり、嫌がらせもしたらしい。

挙句《あげく》に、ウイリス医師とは深い縁で結ばれていた西郷隆盛に泣きついた。話を聞いた西郷は、弟ばかりか、大勢の部下を救ってもらったウイリスの解雇を、喜んで承諾したという。

折から薩摩では、鹿児島病院建設の計画が進んでいたのである。

もともと薩摩は、教育制度の充実や人材育成に、早くから取り組んでいて、西洋医学の指導者も鵜《う》の目鷹《たか》の目で探していた。

前から目をつけていたウイリス医師を、院長として鹿児島に招聘《しょうへい》出来たら、こんな有難いことはなかったのだ。

明治政府は日本医学の基本を、ここで英米系からドイツ系に舵を切った。

「……落ち目の蘭方医に、まんまとしてやられたんですよ。連中としても死活問題でしょうから。寄ってたかって多勢に無勢じゃ、さすがのドクターも力及ばず……どうにもならなかったんです」

杉田は、言葉の端々に皮肉を滲ませて言った。

「直接関係ないかもしれないけど、今年の初めに杉田玄白《すぎたげんぱく》の『蘭学事始《らんがくことはじめ》』を福沢諭《ふくざわゆ》吉《きち》先生が出しましてね、評判をとったんです。それで大学総長を西洋医学にさらわれちゃ、悔しいんでしょう」

(いろいろあるんだ)と綾は驚きで、言葉もなかった。

柳森神社でのウイリス医師は、すでに〝日本医学の父〟となる夢が破れ、理不尽な運命を受け入れていたのだろう。

「ではドクターは、鹿児島に行くことを承諾されたんですか?」

「その通りです。私に言わせれば、ラッキーな救いの手ですよ。鹿児島は遠いけど、なんといっても西郷さんがおられる。こんなことを言うのもなんですが、この契約には、相当額が約束されたようですよ」

「まあ、それは良かったですね」

心から喜びながら、綾は肝を潰していた。

何と人はさんざめく光の中で、踊り、踊らせていることだろう。そういえば閻魔堂は、昔言ったことがある。

「人を観るのは、満天の星を見るようなもの。無限の夢と煩悩に満ちて、切ない」

「そう、では杉田さんも行かれるんですか」

「ええ、たぶん……」

「寂しくなりますね」

閻魔堂があんな状況なのに、この杉田まで居なくなることを考えると、一抹《いちまつ》の寂しさが胸をよぎる。

杉田は立ち上がって、その辺をうろうろと歩き始めた。戻らなければならぬ時間が迫っているのだろう。

もう日は西に傾いていて、カラスが梢《こずえ》でよく鳴いていた。

「落ち着かなくてすみません。綾さんとは、一度ゆっくり話したいんですが、今はこんな状態なんで……」

「ええ、分かります。どうか無理なさらないで」

言って綾も立ち上がる。

二人は、また肩を並べて、来た道を引き返し始めた。

「閻魔堂さんのこと、くれぐれもよろしく頼みます。もちろんまた見舞いに来るつもりだけど、ご本人に言わせれば、ドクターの薩摩行きには間に合わないって……」

「うーん」

杉田は何か考えるふうだったが、

「分かりました。占い師には、我々も太刀打ち出来ませんよ」

と少し笑わせてから、

「それと兄上のことですが、もう少し時間をくれませんか？　実は自分でも周りを探ってみたんだけど、何か分かりそうなんで……いや、また手紙を書きますが、いいですか？」

「ええ、お願いします」

綾は言葉少なに言い、俯いて歩き続けた。

表門まで送ってもらい、そこから佐久間町の大通りに出た。

見上げると空はもう夕焼けに染まっている。秋の夕暮れは早い。もうすぐ空には満天の星が上がってくるだろう。

綾は足を早めた。


閻魔堂はその三日後に亡くなった。

ウイリアム・ウイリスはこの年の十二月初め、横濱を出帆し、鹿児島医学校校長となるべく鹿児島に向かった。

綾は見送りに行けなかったが、その夜ひとり外に出て、空を仰いだ。

満天の星空だった。

第五話　妖《あや》かし草紙《ぞうし》
――血みどろ絵師の明治維新

朝から土しゃぶりの雨だった。

弟子がさしかける番傘に、ザアザアと雨音もけたたましく、雨が叩きつける。その下で絵師は筆を取り、夢中で写生していた。

門の破れから駆け込んでくる一番乗りの敵を、大上段に斬り倒す兵士の動き……。血しぶきあげ、宙を掻きむしって倒れる敵の形相……。斬り口からドロドロ溢れ出る夥《おびただ》しい血……。

耳をつんざく射撃の音や、雄叫《おたけ》びが耳のそばで響きあう。

だがお構いなしで筆を動かし、描き留めていく。

「やいやいっ、町人、退《の》け退け！」

怒号に振り向くと、目を怒らせた若い武士が駆け寄ってくる。

絵師は武士を見たが、その眼差しはそれを素通りして、背後に広がる緑濃い上野の山に向けられていた。

(雨に洗われて何と美しい……)

今朝、上野山に火の手が上がったと聞いて、弟子を従え、写生道具一式を担いで、いち早く現場に駆けつけたのである。

現場にはすでに雨合羽《あまがっぱ》や傘で身仕舞いした群衆が、遠巻きにして見物していた。

ざっと見廻ったところ、激戦地は薩摩軍が攻撃する上野寛永寺《かんえいじ》の黒門口《くろもんぐち》と見当をつけた。鉄砲の音が響き渡り、昼近くには大砲の轟音も聞こえ始め、境内からはすでに火の手が上がっていた。

今までは迎え撃つ旧幕臣や彰義隊側が善戦していたが、どうやら風向きが変わったらしい。

警備の手薄なところから境内に入り込み、手ごろな松の木の下に陣取って、血と泥にまみれる戦士らの姿を、手早く帖面《ちょうめん》に写し取っていたのである。

「お侍さま、手前は絵描きでして、お邪魔はしません!」

絵師が叫ぶ。

「馬鹿野郎、ここは絵描きなんぞの来る所じゃねえ!」

「戦場の絵を描いてます、どうかお目こぼしを！」

「絵を描いてると？　ふてえ野郎だ。地獄を見たけりゃ、手前《てめえ》が戦え！」

と商売道具を蹴飛ばそうとしたところを、弟子が抱きついて止める。

「ここが手前《てまえ》の戦場なんで！」

絵師は食い下がり、素早く紙に包んだ金子《きんす》を握らせた。

武者はそれを懐に押し込み、

「敵はでかい大砲を撃ち込んでくる、グズグズしてるとおっ死《ち》ぬぞ！」

と叫んで駆け去って行く。

門の外に、見物人はどんどん増えていく。

一

「わはははははは……」

篠屋の二階の座敷から、何度目かの呵々大笑《かかたいしょう》の声が、階下の帳場の辺りまで轟き渡った。

「なんとまあ、今夜は賑やかだこと。何年ぶりかしら」

おかみのお簾は、呆れたように呟いた。

昨年（慶応四年）五月の上野戦争で、彰義隊はあっけなく官軍に蹴散らされた。

その後、新たな〝お上《かみ》〟となった薩長の新政府によって、江戸は東京となり、九月には年号も〝明治〟となった。

そんな動乱の年が明けて、明治もはや二年。

だが世の中は一向に落ち着かず、江戸の粋《いき》を極めた花街柳橋では、料亭も船宿もひとしなみ不景気に見舞われていた。

大料亭は、新政府のお歴々が詰めかけて大繁盛していたが、地元の富商や一般町人がとんと寄りつかぬ小商いの店は、どこもさびれかけていた。

健闘している方の篠屋でも、芸妓の入る派手なお座敷は減っている。

そんな中、今夜ばかりは久方ぶりの賑わいで、料理や酒を運ぶ女中らが、二階の座敷と一階の板場を、せわしなく上下していた。

お使いから戻ったばかりの綾も、ひと息つく間もなく、すぐに手伝いに駆り出された。

お銚子を運んで、そろそろと座敷に足を踏み入れたとたん、

「わはははははははは……」

の大音声《だいおんじょう》がいきなり耳に飛び込んできた。

「そうだ、これからは牛だよ。みんな牛の肉を食わなくちゃ、やっていけんぞ……」

盃を景気良く干しながら、大声でまくしたてているのは、歳のころ四十前後の、赤ら顔で油断ならぬ目つきをした、綾の見たことのない男である。

「わしもついこないだ、横濱の牛鍋屋《ぎゅうなべや》に行って食ってきたんだがな」

ご贔屓《ひいき》筋の旦那のお供だったそうだが、

「これが旨《うま》いのなんの。いや、旨いばかりじゃねえって話。えらく精がついてな。それから皆で、岩亀楼《がんきろう》辺りに繰り出したんだが、いやはや参った。敵娼《あいかた》が音《ね》を上げるほど元気になっちまってね……はははははははは」

初めは幇間《ほうかん》かと思ったが、それにしてはあまりに無遠慮で、お座敷の作法に欠けているようだ。

(はて、このお方は何者だろう)

と綾は訝しんだ。

今夜の宴席の勧進元《かんじんもと》は、浅草寺《せんそうじ》の仁王門前に店を構える錦絵の版元、『大橋堂《おおはしどう》』主人の小田原屋弥七《おだわらややしち》と聞いていた。

綾は間近で顔を合わせるのは初めてだったが、弥七は篠屋主人・富五郎の、古い馴染みだという。

まだそれほどの年ではないが、業界ではすでにやり手として、一目《いちもく》も二目《にもく》も置かれる存在なのだという。

この弥七は、大声でまくし立てる男に苦笑を浮かべながら、黙々と盃を口に運んでいる。

そしてその隣で、脇息《きょうそく》にぐったり身をもたせかけ、うんざりしたように大声の主に目をやって呑んでいるのが、今宵の主役の月岡芳年《つきおかよしとし》、当代随一の人気絵師だった。

(あら)

その姿を一目見て、綾は意外な気がした。

さぞかし上機嫌で呑んでいるかと思いきや、どこか浮かないようで、妙に萎《しぼ》んだ様子である。

この絵師と顔を合わせるのは、本当に久しぶりのこと。最後に会ったのは確か、一年半ぐらい前になるだろうか。

それは〝血みどろ絵師〟としての芳年の名を、一躍《いちやく》世間に知らしめた錦絵出版の祝宴の席だったが、それもまた篠屋のこの座敷だったのである。

綾も世話係を手伝わされ、てんてこ舞いしたのを覚えている。

その時、大当たりを取ったのは、揃物《そろいもの》『英名二十八衆句《えいめいにじゅうはっしゅうく》』で、版元『銀盛堂《ぎんせいどう》』の主人によって催された、記念すべき宴会だった。

その『英名二十八衆句』は兄弟子芳幾《でしよしいく》との共作だったが、大評判になったのは、芳年の筆になる血みどろの残虐場面であった。

殺された男の顔の皮剝《かわはぎ》……、逆さ吊りにされた裸女の吊るし斬り……など、見るも凄まじい血みどろ場面である。

そんな錦絵を描く作者とは、一体どんな凶々《まがまが》しい男なのか。

興味津々で、綾は芳年を観察したものだ。

ところが案に相違してこの絵師は、広い額と大きな目が印象的な、人当たりのいい好男子だった。

(なーんだ)

と拍子抜けがした。どこにもいそうなこの人物が、どうしてあんな絵を描くのかと、不思議な気がしたものだ。

だが、芳年との縁はそれだけでは終わらなかった。何日か後に主人富五郎が、さる旗本から預かった秘密の春画《しゅんが》を、芳年の居宅まで届けて、鑑定を依頼することになった。

綾がその大役を務めさせられたため、絵師との浅い縁は、いささかは深くなってい
たのである。

あれ以来、久々に綾が目にした芳年は、世間的には一回りもふた回りも大きくなっ
て、今や〝巨匠〟とも呼ばれる存在になっていた。

さもあろう。

『英名』に続く血みどろ連作の第二弾も、前作に続いて大当たり。

さらに第三弾の『魁題百撰相《かいだいひゃくせんそう》』と題する全百枚となるはずの錦絵揃いが、昨年七月より大橋堂から刊行が始まっていて、年が明けると絵草紙屋《えぞうしや》で飛ぶような売れ行きを見せている。

実はその陰には、弥七と芳年の巧みな戦略があった。

当時の錦絵は、時事ネタを扱うことを禁止されていた。

そのため表向きのつくりは、過去の物として仕立てられている。すなわち〝戦国時代の武者百人の死にざまを描く血みどろ肖像画〟である。

ところが実際にそこに描かれていたのは、何のことはない、あの上野戦争で雨の中、相手方の砲火を浴びて無残な死を遂げた、旧幕臣の戦士たちの生々しい肖像だった。

腹部の切り口から鮮血がドロドロと溢れ出ている武人の切腹の図や、はみ出た内臓

を天井に向かって投げつける断末魔《だんまつま》の情景は、好事家《こうずか》たちの度肝《どぎも》を抜いた。

すべて、芳年が命がけで写生した、ほやほやの現代物である。

装束などは昔ふうであっても、背景に描かれている風景を見れば、それが上野であることは一目瞭然。絵を手に取る者はその中に、まだ粉塵の収まらぬ上野戦争を見ているのである。

それらは毎月数点ずつ刊行されており、年が開けたこの春にはすでに六十点を超え、その売れ行きは絶好調だった。

弥七はそれを祝い、さらなる景気付けにと、今宵《こよい》の宴会を催したのである。

二

「ご無沙汰しております。このたびはおめでとうございます」

綾は座敷を進み、芳年の前で手を突いて頭を下げた。

「や、これは綾さん。いつぞやは大変お世話になりました」

と相手は如才なく返してくる。

だが顔を上げて芳年と目を合わせて、言葉を失った。

（目が死んでいる……）

あの大きくて強い光を放ち、相手の深奥まで射抜くような恐ろしい目が、そのかつての威力を失っていた。

視線を綾からさりげなく外し、俯いて盃に向けられたその目は、以前と別人のように弱々しかった。

まだ三十になったばかりのはずが、肌は不健康に青白くて艶がなく、肉付きの良かった長身は痩せて、性が抜けてしまったようだ。

どう見ても、得意の絶頂にある人の姿ではない。

それ以上の言葉を継げず、綾はそそくさとその場から離れた。

それから座敷に入るたび、それとなく絵師の様子を窺ったが、印象は変わらなかった。芳年自身も、あまり酒は進まないようで、お得意の清元《きよもと》を芸妓から所望《しよもう》されても、

「いや、ちょっと喉を痛めてて……」

などとやんわり断っている。

そんな異変をすでに気付いているらしく、小田原屋弥七が何かと話題を見つけては、芳年に振るのだが、一応の受け答えをするだけでどうにも意気が上がらない。

もちろん毎月の刊行に絵師が疲れ、消耗しているのは間違いない。

だが綾の目には、それだけではない、何かもっと根の深い問題があるような気がしてならなかった。

そんなことで折角《せっかく》の芳年のための祝勝大宴会も、幇間がわりに呼ばれたらしい品《ひん》のない大声の御仁がかき回し、やっとお開きになった格好だった。

「ねえ、あのガラの悪いおじさん、一体何者なの？」

と綾が、酒を運んでは調子よく受け答えしていたお玉に訊くと、

「さあ、誰かしら、よく知りません」

と頭《かぶり》を振った。綾は呆れて、

「でもお玉ちゃん、よく喋ってたじゃない」

「調子合わせてただけ。あ、そう言えば、カナガキ……何とかっていったかな。変な名前だったわ」

「仮名垣魯文《かながきろぶん》？」

「あ、そうだったかな。芳年師匠とは親しいみたいで……」

と要領を得なかったが、仮名垣魯文だと綾は思った。

滑稽本《こっけいぼん》を書く人気の戯作者《げさくしゃ》で、当代を代表する黙阿弥《もくあみ》や河鍋暁斎《かわなべぎょうさい》、圓朝《えんちょう》など多くの文化人と付き合いがあり、芳年とも親しくしているのを知っていた。

お開きになってドヤドヤと一行が階段を下りてきたが、大して飲んではいない芳年の足取りがおぼつかないのが、下で待っていた綾の目にはっきり分かる。

「師匠、あまりご無理をなさらずに……」

と迎えの駕籠まで送りながら、綾は思わず声を掛けた。

「え、ああ……」

振り向いた芳年は頷き、何か言いたげに口を開いたが、結局何も言わずに駕籠の中の人となった。


翌日。ふと目を覚ますと、障子の外はもう明るくなっていた。

芳年は、頭が重いのを感じつつ、寝所の床《とこ》から身を起こした。

眠りが浅く、悪夢ばかり見て、寝足りた感じがしない。その悪夢はどれもこれも、あの上野で見た光景の断片に違いなかった。

(こんな朝が何日続くやら……)

と思いつつ、立ち上がって障子を開け、庭を眺めた。しとしと雨が長く降り続いたらしく、今は植木の葉から雨が滴《したた》っている。

以前の桶町の居宅には庭らしいものはなかったが、この春に越してきたこの日吉《ひよし》町《ちょう》の家には結構な庭があって、冬は山茶花《さざんか》、春は梅、次は桜、そして藤、芍薬《しゃくやく》……と、四季折々に花が咲き乱れて讃嘆措《お》く能《あた》わずの競い咲きで、目を楽しませてくれる。

だが今は、日当たりの悪い木立の奥に、青い大輪の紫陽花《あじさい》がひっそり雨に打たれているだけ。これは何としたものか。

競って咲いた花々が突然力を失い、ただ無力に雨に身を晒しているようだが、とはいえそれはどこか懐かしい風景である。

こうしてぼんやり眺めていると、何か記憶に沈んでしまった遠い昔のことを、思い出させてくれるような気がするのだ。

それにしても……。

この寝起きの、引きずり込まれるような憂鬱さは何だろう。

昨夜の宴席で大して飲んだわけでもないのに、駕籠で家に辿り着いたとたんムカムカし、洗面もそこそこに寝所に倒れ込んでしまった。

(今日も仕事にならないのか)

溜息が出た。

物心ついて以来、絵筆を取れない日がこんなに続くなど、あり得ないことだった。

弟子たちの指導は何とかこなしているが、予定の仕事は山積しており、気ばかり焦ってなかなか手がつかない。

本命の、大橋堂の『百撰相』については、六十五枚目を渡したところで、ひと月ほど休養を取らせてもらった。

「ちょっと新味を出したいんで、考える時間をほしい」

そんな要望を快く認めた弥七は、さすがに絵師の異変に気付いていた。

それで昨夜、〝祝勝会〟などと称して柳橋に呼び出し、様子を窺ったと見ているが、あのしたたかな商売人の目に自分はどう映ったか。

実を言えば、こちらも祝勝会は気が重かったので、共通の知り合いで呑んべえの仮名垣魯文を、幇間がわりに誘ったのだ。

がさつで、酒には人一倍意地汚いこの大酒呑みは、芳年の目論見《もくろみ》通り酔いどれ、座をかき回してくれた。おかげで、宴席は何とかなったが……。

そんなことを漫然と思い返しながら、雨に塗り込められた庭を眺めるうち、思い出したくもない光景が脳裏に浮かぶ。

上野の山で見た、雨中の戦の断片である。

(やっぱりあれがすべての元凶か)

と思わずにはいられなかった。

血みどろ絵師が、血を怖がることなどあり得ない。人が目を背ける修羅場こそ、我が楽園。そこに見出した美を刻明に描き出すのが、我が仕事である。だが……。

不意に夢に現れ、幽明《ゆうめい》の奥へと引きずり回すもの。それはあの時見た修羅の、生々《なまなま》しい断片に違いないのだ。

あの朝、開戦の報を知って、芳年は心逸《はや》った。

その二、三日前に、仮名垣魯文から、新政府軍が間もなく上野の彰義隊討伐に踏み切るという、確かな情報を得ていた。

魯文は大して売れもしない戯作の執筆では食ってゆけず、かわら版の原稿書きも請け負っていたから、この手の情報には通じていた。

それを聞いた時、芳年は思った。

(これこそ天が与えてくれた好機だ！)

血みどろ絵師として、これまで描き続けてきた残酷場面は、ほとんど歌舞伎などで見たもので、あくまで架空の世界の血でしかない。

しかし上野の戦で流れる血は、現実の生き血。その地獄絵をしっかり眼裏《まなうら》に焼き付けておけば、自分は本物の血みどろ絵師になれる。

そう考えて、一番弟子の年景《としかげ》を従え、取るものも取りあえず降りしきる雨の中に飛び出し、上野に向かった。

戦は明け六つに始まり、当分は彰義隊の必死の奮戦に、新政府軍は手こずっていたらしい。だが午後に入って戦況は一変した。

遠く本郷台《ほんごうだい》の方角から、不忍池《しのばずのいけ》を越えて、強力な破壊力を誇るアームストロング砲が、寛永寺境内に着弾し始めたのだ。

群衆が応援していた彰義隊は、たちまち浮き足立ち、総崩れとなって敗走した。さすがの芳年も現場を逃げ、外で遠巻きにする群衆の中に飛び込んだ。

勝敗はあっけなく決し、新政府軍の主力が引き上げ始めても、まだ日暮れには時間があった。

物見高い見物人に従って、静かになった寛永寺境内に恐る恐る入って行くと、先ほどとは景色が変わっていた。伽藍《がらん》は無残に焼け落ち、辺り一面の焼け野原。そのあちこちに、血と泥にまみれた彰義隊士の死体が……。

新政府軍は見せしめのため、わざと死体を野晒《ざら》しにするらしい。

その発する焼け焦げた臭いに、ぞろぞろ入ってきた野次馬どもはたじろいだが、芳年は覚悟を決めている。

矢立《やたて》からまた筆を取り出すと、年景がさしかける傘の下で、無残な死体百態《ひゃくたい》を、一心不乱に描きとり始めたのだ。

顔が半分抉り取られ脳漿《のうしょう》が飛び散る死体、自ら腹を切って血の海に突っ伏す死体、手足がもぎ取られ胴体だけになった死体……。

描いても描いても切りがなかった。

だがもはや疲れも恐れも感じなかった。死体から死体へと移動する師匠を、傘を持った年景が追いかける。

何かに取り憑かれたように死体に屈み込んで写生する自分の姿を、別の自分が見ている。まるで狂人以外の何者でもない、と思う。

だが知ったことか。

（おれはあえて画狂人《がきょうじん》の道を貫くのだ）

そのうち雨が上がり、夕暮れの気配が立ち込める中、新政府軍の見回り組が近づいてくる声がした。

「おお、野次馬どもめ、ちょうど良い、幾らでも見せてやるから、手伝ってもらうぞ、死体運びだ」

それを聞いた入り口付近にいた群衆は、ざわざわと逃げだした。

「よし、引き上げよう」

芳年は弟子に声をかけ、辺りを見回した時だった。

三

何かが、目の端に引っ掛かった。

視線をそちらに据えると、やや離れた大木の根元に、丸太のように転がった死体である。

それは何かしら不吉な魅力を放ち、誘いかけてくるようだった。いったん筆を置いた芳年はやおら筆を持ち直し、唾を呑み込んでそろそろとそちらに向かった。

「師匠、もういいでしょう……」

言いつつ年景が、雨は上がってなお傘を差し掛けながら後に続く。

そばまで行った芳年は、遺骸の全貌を見てとって、

「ウッ」

と声にならぬ声を発した。

とうに感覚が麻痺していて、何を見ても驚かない絵師だったが、これは今まで見た

ことのないむごたらしい骸《むくろ》だった。

（これが〝なます斬り〟というやつか）

全身に無数の刃を受けて斬り刻まれ、腹や肩の肉が反り返っている。

おそらく息絶え絶えに倒れ込んだ隊士の回りを官軍の兵が取り囲み、たぶん座興《ざきょう》で、競って刀を振り下ろしたのだろう。

さすがに絵筆をとる気になれなかった。

それでも目は離さず、舐めるように全身に視線を這わせていって、頭部で止めた。

顔面は〝なます〟状態は免れていたが、剣先でつけたらしい筋状の傷が、額から頬の辺りに刻まれている。

遠目にはただの血みどろだが、近くでよく見ると、三本一組の細い筋が縦横に配列されていた。

着物の柄の、三筋格子《みすじこうし》の見立てだろうか。

（死に化粧のつもりか？）

悪い冗談だ！

（自分は、見てはいけないものを見てしまった）

戦場を徘徊して悪をなす〝邪神〟の裳裾《もすそ》を、チラと見た？　そう思うや頭の奥に閃光が走り、金縛り状態になってしまった。

生まれて初めて芳年は恐怖というものに襲われ、ふらふらとその場に倒れ込みそうになったのである。

「師匠、引き揚げましょう!」

いつにないキッパリした声と共に、背後から年景の太い腕が伸び、そんな師匠をがっしりと支えた。

年景は芳年の腕を掴むや、まるで悪霊から師匠を引き剝がすように、グイグイと引っ張って行く。芳年は画帖のみを抱え、後の何もかもを放り出して、年景と共にしゃにむに黒門口へ走った。

無事に帰れたのは、年景のおかげだった。

あそこで自分がへたり込んでいたら、前代未聞のえらい目に遭っていたはず。実際、見回りに来た新政府軍に見つかって、深夜まで死体運搬をやらされた大勢の野次馬がいたのだから。

命からがら無事に日吉町の自宅に帰り着くと、翌日からすぐに『魁題百撰相』の仕事に取り掛かった。

脳裏に刻まれた死体の血みどろな姿が、次から次へ、泉のようにこんこんと湧いてくる。

それは筆の動きが追いつかないほどの勢いで、正確に紙面に写し取るのにはいささか技量を要した。

短時間で仕上げたものとはいえ、作品は少しも粗雑にはならなかった。その構図は見事であり、血の匂いが漂ってきそうな生々しい迫力が漲っていた。

師匠のそんな凄まじいばかりの技量と集中力に、弟子らはあらためて感じ入ったのである。

だがそんな勢いは、そう長くは続かない。

何かに取り憑かれたような興奮状態が徐々に醒めるにつれ、芳年は筆を握ったまま動かなくなり、考え込む時間ばかりが、どんどん長くなっていったのだ。

さすがの血みどろ絵師も、これほど凄まじい修羅場を描き続けて、すっかり嫌気《いやけ》がさしてしまったのか？

いや、そうではなかった。

ある時期からしばしば、制作中の眼前に、何の予告もなくあの〝呪われた死体〟が、鮮明に現れるようになったのだ。それは上野の戦場で最後に見た、〝死に化粧〟を施された遺骸だった。

それればかりは写生したくない。

そのまま記憶から消し去りたかった。

にもかかわらず、画室にこもって制作中に突然、あたかも自分を描いてくれとばかりに、芳年の眼前に迫ってくるのである。

あの時と同じように、脳の奥に閃光が走る。すると偏《ひとえ》に心も身体もすっかり変調をきたして、もう筆を動かすことが出来なくなってしまうのだ。

その奇怪な現象は、世間の言う〝祟《たた》り〟か？

まさか！　そんな訳の分からぬものがまかり通るなら、自分はこの年まで生きちゃいない。生きているとしても、とうの昔に絵筆を捨てているはずだ。

だが誰に訴えても、まともに相手にされないだろう。

「何だと、〝血まみれ芳年〟と呼ばれた絵師が、本物の血を見て狂ったと？　面白すぎて、洒落にも何にもなんねえや」

と悪態をつく魯文の顔が浮かんでくる。

弟子たちにも町医者にも、親しい仮名垣魯文にも訴えることの出来ない、自分だけが知る心の闇に違いなかった。

そう諦めても、あまりにしばしば発作が起こると、さすがに画室にこもっているのが怖くなってくる。せめてこうして休養を取って、心身を休ませているつもりだが、つい物思いに沈んでしまい、ますます気が滅入るばかりだ。

あれこれ思いつつ芳年は腕を組み、雨に濡れる庭の紫陽花をしばらく眺めていたが、ふと思い出した顔があった。

（そうだ、少し気晴らししようか）

そう思うと少し元気が出てくるようだ。やっと気をとり直して顔を洗い、いつもの朝粥で遅い食事を済ませてから、弟子を呼んだ。

八つ（午後二時）ごろに駕籠が来るよう、手配を命じたのである。

四

向島《むこうじま》の土手で駕籠を乗り捨てると、やっと雨が上がっていた。

この辺りの土地には不案内だが、あの女の家にだけは何回も通っているので、迷うことはなかった。

夕暮れまでまだ少し時間があるが、目指す相手はたぶん在宅しているだろう、あれだけ来てほしいと手紙をよこしたのだから。

そんな勝手な当て推量に苦笑しながら、ゆっくり歩きだした。

大きな通りを一本奥へ入った、風情ある小路の突き当たりに、楓《かえで》の枝を突き出すようにして女の家はある。

門の枝折《しお》り戸《ど》を開けて庭に入ると、香が焚かれていたらしく、幽《かす》かに甘い空気が鼻《び》腔《こう》をくすぐった。

「ごめんなさいよ」

玄関口で声を上げると、奥ですぐに応答があり、女が姿を現した。

「あらまあ、どうかしたの、一体……。すっかりお見限りじゃなかったかしら」

芳年の前に来客があったのか、瓜実顔にうっすら化粧し、小柄だが肉付きのいい身体に、普段着とは思えぬ趣味のいい江戸小紋を、粋に着こなしている。

「いや、まあ、このところ立て込んでてね。今日はちょいと近くまで来たんで、お詫び方々《かたがた》顔を出したんだが」

前の客が気にならないでもないが、素知らぬふうに白々しい嘘が飛び出した。

「お邪魔じゃなかったかな」

「あら、何を水臭い。こちらはいつでも首を長くして待ってるのに。それより今度の絵も、すごく売れてるんですって？」

「おかげさんでね。ただまあ、それも結構いろいろ大変で……」

と喋るうち、庭の見える奥座敷に通されていた。

芳年が口を噤んでどっかり腰を落ち着けると、

「でも苦労はあっても、評判が良ければいいじゃない」

と女は、つくづくと芳年の顔を眺め回して言った。

「そういえば、ちょっと痩せなすったかしらね」

それ以上は踏み込まず、かいがいしく茶の準備を始めた。

馴染みの女とは有難いものだ。

かれこれもう二、三か月は無沙汰しているが、こうして顔を合わせれば昨日の続きのように、いとも軽やかに会話を転がしていく。

女の名はお琴《こと》。芳年より三つくらい上か。

以前は芸者で、清元に長けた柳橋の名妓として名を売った。

やがて日本橋の老舗《ほうばい》の呉服屋の大旦那に身請けされると、向島のこの小体《こてい》な家を与えてもらい、柳橋の朋輩《ほうばい》に羨ましがられるような妾生活に入った。大旦那はあいにく三年ほどで卒中《そっちゅう》で他界してしまったが、後の生活に不自由しないものを残してくれたのだ。

自由になったお琴は、半ば道楽で清元の師匠の看板を上げ、気ままな暮らしを続けている。

このお琴に初めて会ったのは、芳年がまだ半人前の絵師のころで、師匠の歌川国芳《うたがわくによし》のお供で柳橋の座敷に上がり、畏まって名高い名妓の酌を受け、清元を聞いて感銘を受けたものだ。

だが一言も言葉を交わさないまま、その後お琴は身請けされたから、もう会う機会は望めなかった。

それが三年ほど前、どういう巡り合わせでか、義理で出かけた日本橋のさる清元の師匠の会でばったり出会ったのである。

その時はもう名の出ていた芳年は、以前とは違ってことのほか話が弾み、自然に男女の仲になったのだ。

芳年にとってお琴は、惚れた女というより〝心地よい女〟だった。

自分の厄介な気性をよく心得ていて、こちらが嫌がる部分には踏み込まない、それでいて情が薄いわけでもないのだから。

「あら、あたしとしたことが……。嬉しくてうっかりお茶なんか淹れちゃったけど、お酒が良かったかしら？」

淹れたての茶を盆に載せて運んできて、お琴はクリッとした目をみはって、芳年を見た。

「そりゃァ酒がいい、今日はぬる燗でゆるゆるいこうか」

「あい、すぐ用意して参ります」

そんな他愛ないやり取りがあって、日の暮れるころから呑み始めた。

お琴と盃を交わしていると、強張っていた心身の嫌なしこりが徐々にほぐれるようで、久しぶりに陶然とした。

昨夜の篠屋での、気の滅入る酒席とはえらい違いである。

いっそもう何もかも放り出して、この女とゆるゆる酒ばかり飲んで暮らせたら、どんなに命冥加《みょうが》なことだろう。

ここへ来て良かったのだ。

「どうしたの、急に黙り込んじゃって。……もう眠い？」

「いやいや、いい匂いがするんで、ついとろとろしちゃって……。ここは極楽だな。いくら好きな絵を描いてるとはいえ、男所帯は殺伐《さつばつ》としていけない」

「今夜は、極楽でゆっくりなさいましな」

「もっと近くへおいで。いい匂いの元は、おまえさんだ」

「ふふ……こんなふうに？」

膝ずりでそばまでにじり寄り、いきなり頰を寄せてくる。

いい匂いがどっと鼻を塞ぎ、息が詰まった。思わず柔らかい身体に腕を回して抱きしめながら、押し倒した。


どのくらい時間が経っただろう。

目を覚ますと、一瞬自分がどこにいるのか分からず、慌てて夜具から身を起こしかけて、隣で心地よさげに寝息を立てる女に気が付いた。

そうだ、ここはお琴の家である。

今しがたのことを思い浮かべると、暗い中でも頰が火照《ほて》った。あれから二人は交わっては呑み、呑んでは交わり……とうとう疲れ果てて寝込んだようだ。気が付くと、いつの間にやら、気持ちのいい寝床に横たわっていた。

「どうしたの、もう帰る？」

と横から声がした。そういえば芳年は、ほとんど泊まらずに帰る習慣があったから、お琴は反射的にそう言ったのだろう。

「いや、今夜は泊まる」

「そう、嬉しい……」

言いながら芳年の背中に手を回しかけ、つと引っ込めた。

「まあ、汗びっしょりじゃないの。ちょっと待って、何か拭くものを持って来るから」

お琴は手を伸ばして、そこらに脱ぎ捨ててある着物を軽く羽織って寝床を出て行き、乾いた手拭いを持って戻ってきた。

「はい、ちょっと向こうを向いて。背中を気持ちよくしてあげる」

枕元の行灯の灯りを強め、横になった男の背中を、首の周りから下方へと、ゆっくりと滑らせていく。

下ろし立ての肌触りのいい木綿の感触に、芳年はうっとり身を任せた。

するとまたもモヤモヤしてきて、首の辺りを這う女の柔らかい手を思わず摑んだ。

「もういいから、ここへおいで」

と首をもたげ、手拭いを取り上げて、ふと目を留めた。行灯の柔らかい灯りの中に、品の良い格子柄が浮かび上がったのだ。

三本の細い線が、縦横に交差している。

(三筋格子だ!)

その瞬間、眼前にあの上野の死体の顔面に刻まれた、血の筋がまざまざと浮かび上がってきたのである。

頭の深奥に衝撃が走り、手拭いを摑んだまま、芳年は硬直していた。

「ち、ちょっと、どうなすったの、大丈夫?」

いきなりの異変に、お琴は悲鳴のような声を上げた。

「………」

芳年の目は見開かれたまま宙に向けられたきり、身じろぎもしない。

「ねえ、お医者さんを呼んで来ようか」

すがるように言いながらも、芳年の肩に手をかけて懸命に揺さぶり、その頰をピタピタと叩き続けた。

それが功を奏してか、ようやく芳年は我に返ったようだ。

「すまない……」

「で、でも、一体どうしたというの」

「分からない」

芳年は何も説明出来なかった。

いきなり邪気のようなものが、目の前を通り過ぎて行ったのである。それをどう説明したらいいだろう。

のろのろと起き上がると、脱ぎ捨ててあった着衣を身につけ始める。

「やっぱり帰るのね」

「今日はすまなかった、この埋め合わせはきっとするから」

「いいのよ、そんなこと。それより夜が明けるまで、ここにいたら？」

「………………」

「ちょっと待っておくれ、あんた……」

逃げるように玄関に向かう芳年の背に、お琴の声が追いすがる。あまりのことに、腰が抜けたようになって立ち上がれなかったのだ。

やっとのことで玄関口まで這い出た時、開け放しになった戸の向こうの黒い闇に、芳年の姿が溶けるように消えて行くところだった。

五

傘をさした綾は、ハネを気にしながらも飛ぶように歩いていた。

(何でこんなことに……)

と愚痴が出ないでもないが、それ以上にこれは自分しか果たせぬ大事な使いだという思いが、足を早めさせる。

一刻も早く先方に着きたかった。

篠屋の玄関に女性の客があったのは少し前、昼食が済んだころだったか。

「ごめんください」

という声の涼しさに惹かれて急いで出てみると、あか抜けた三十半ばくらいの美しい女が立っている。

「どちら様でしょうか」

と問おうとした時には、声を聞きつけて、帳場からお簾が飛び出してきていた。

「まあ、やっぱりお琴ちゃんじゃない。顔も若いけど声も昔のままね」

「お姉さん、お久しぶりです」

「でも、どうしたの？　お見限りかと思ってたけど、やっと思い出してくれたんだ」

「何を仰いますか、いつも思い出してますって。今日は突然で御免なさい。ちょっと急ぎの相談がありまして……」

と二人は早口で矢継ぎ早にポンポン言い合い、挙句に抱き合ったり、手を取ったりした。

おかみの芸者時代の朋輩だろう。

お琴を手を取らんばかりに帳場に通すと、綾を見て言った。

「こちらはお琴さん、私が現役のころの妹分で、今は清元の師匠。ずいぶん久しぶりでね、美味しいお茶を差し上げて……」

と言いかけ、ふと思い出したように、

「あ、お琴ちゃん、お昼は？」

「ご心配なく。朝が遅かったからお腹は空いてません」

「そう、今日はゆっくりしておくれ」

そんな弾んだ声を耳に、綾は下がった。おかみが、あんなにはしゃぐのを見たのは初めてである。

高級なお茶を使っていつもより丁寧に淹れ、到来物の〝うぐいす餅〟を菓子皿に盛り、お盆に載せて運んだ。

うぐいす餅は、おかみの好物である。秀吉《ひでよし》の時代に大和郡山《やまとこおりやま》に発し、菓子屋『菊《きく》屋』の主人が作って献上し、秀吉に気に入られてそう命名されたという。食べるたびにそう説明されるので覚えてしまった。

襖のそばまで行くと、中から声が漏れてくる。

「……ふーん、そうだったの。あんたがあの売れっ子師匠と、いい仲とは……。でも夜中に、一体どうしちゃったんだろうねえ」

「ずいぶんお忙しいらしくて、疲れておいでとは思ったけど、まさか床から飛び出して行くなんて。まるで狂人でした」

「どう見ても、ただ事じゃないよねえ。……ちょっと綾さん、そんなとこで立ち聞きしてないで、中へお入り。あんたにも聞きたいことがあるんだから」

突然言われて、綾は飛び上がりそうになった。

先刻、お見通しだったのだ。

急いで入って行き、茶を淹れ始めると、おかみがお琴と芳年師匠の昨夜のいきさつを、かいつまんで話してくれた。

「ねえ、あんた一昨日、宴会があって師匠に会ったわよね。何かいつもと違うとか、変だとか感じなかった？　あたしもそう思ったけど、人って誰しも、たまに変になることあるもんだからさ」

そう訊かれて、思い出した。光を失ったようなあの目の力なさ、くすんで艶のない肌の色、張りのない声……。

綾は思い出すままに、話した。

「ね、やっぱりそうでしょう、やっぱり前日も変だったのね」

とお琴が割り込んだ。

「おそらく病気ですよ、あれは。いえ、私は師匠の女房でもないし、ただの都合のいい女かもしれないけど、何だか胸騒ぎがしてたまらなくてねえ」

「お琴ちゃん、惚れてんだ」

取り乱しているお琴を見て、お簾がズバリと言った。

「言うことはよく分かるけど……。でもどうしてあたしの所へ？　一昨日のうちの宴会のこと、師匠から聞いたの？」

「あっ、肝心なこと言い忘れてた！」

とお琴は苦笑し、肩をすくめた。

「いえね、師匠は飛び出して行ったはいいけど、大事な物を忘れてったの。ええ、事もあろうに紙入れです。でも実はあたしもへたり込んでてね、今朝まで気が付かなくて……。師匠はあれからどうしなすったか知らないけど、さぞお困りでしょう」

すぐに届けに行かなくちゃと思ったが、どこに住んでいるやら場所も住所も分からない。

そこで少し気が咎めたが、紙入れの中を確かめた。

そこにはさすがに小判が何枚か入っていた。他には、書付や爪楊枝、鼻紙などが雑然と入っていたが、それらに混じって、折り畳んだ紙切れがあったのだ。

開いて見たら何と、篠屋での宴会の予定が書かれていた。

「それ見て嬉しかったわ。篠屋に行ってるんなら、お姉さんに相談出来るもの……。いつだってあたし、お姉さんのお陰でやってこれたようなもんだから」

言いながら懐中から大事そうに紙入れを出して、お簾に渡した。

それはよく使い込まれて手脂のついた、茶色に近い鹿皮の紙入れだった。

「ふーん、これがねえ」

とお簾はしげしげと紙入れを矯《た》めつ眇《すが》めつした。

「そう言えば綾さん、師匠が日吉町に移ってから、行ったことあったっけ？」

と目を上げた。

「はあ、一度くらいは……」

「じゃ、道分かるわね。雨の中を気の毒だけど、これからすぐお使い頼まれておくれ。こういうことは早ければ早いほどいいから」

六

慣れない道を何度か迷いながら、日吉町の新居に辿り着いた。

途中で雨は上がり、雲間から青空が覗いたが、急いだせいか下駄の爪皮《つまかわ》が泥で汚れていて気色《きしょく》が悪い。

前回来た時もそうだったが、今度も前に住んでいた桶町の小さな家に比べ格段に立派で、仰ぎ見る感じがする。

門構えもしっかりした二階屋で、さほど広くはないが、植木が程よく茂った庭もあった。

門を潜り、きょろきょろしながら庭石を踏んだ。

「ごめんください」

と格子戸の前で声を上げたが、誰も出てこない。耳を澄ますと、中の様子が何だかおかしかった。そのうち、内弟子らしい若い男があたふた出てきた。

「篠屋の綾ですが、師匠の忘れ物を届けに上がりました」

と綾は言った。すると何も聞かずに頷いて、またあたふたと中へ引っ込んだきり、戻ってこないのである。

留守とは言われなかったから、主人はいるのだろう。

やむなくそこに突っ立っていると、奥の方から何か言い争っているような男の声が、漏れ聴こえてきた。

話の内容はよく分からないが、断片的に耳に入ってくる言葉は、

「これだけ言っても分からんか!」

「このままじゃ大変なことになるぞ!」

と怒気を含んだ、怒鳴り声である。

それは芳年の声ではないから、怒鳴られているのが芳年だろう。

(やれやれ、とんでもない時に来ちゃったみたい)

だが出直すのも面倒である。

お使いは〝遊びの時間〟と心得ている綾だが、雨の中、同じ道を往復するのは遊びの範疇ではない。

もう少し様子を見ようかとグズグズしていると、

「じゃあ、勝手にしろ、俺は帰るぞ！」

という怒声がし、重い足音がドシドシ……と玄関に近づいてくる。

姿を現わしたのは、肩を怒らせた太めの中年男で、見覚えがある。先日の宴会で一人で騒いで座をかき回していた、あの仮名垣魯文ではないか。

「まあ、先生」

思わず声を上げると、魯文は一瞬怪訝《けげん》そうな顔をした。

「や、もしかしてあんた、篠屋のお女中か？」

「先日は有難うございました」

と綾が頷いて頭を下げると、

「いやァ、こちらこそ、馳走になった上、酔っ払っちまってどうも……」

急に体裁悪そうに笑い、如才なく挨拶する変わり身の早さである。

するとその時、廊下を近付いてくる足音がした。

「じゃお先に……」

と魯文は慌てたように軽く手を振って、玄関を出て行った。

入れ替わりのように、芳年がのっそりと姿を現わした。

案内されたのは、さっきまで仮名垣魯文とやりあっていたらしい、庭の見える小座敷である。

芳年は腕組みをして言葉少なで、自分の愚かしい立場はすでに見透かされていると腹を括《くく》ってか、

「ちと取り込み中で、お待たせしました」

と気難しげにしばし沈黙してから、顔を上げた。

「で、綾さん、私が何の忘れ物をしたと……？」

「はい、これです」

綾が鹿皮の紙入れを差し出すと、芳年は一目見て顔色を変え、まじまじとそれを見つめている。どうやらお琴の家に忘れたことさえ、気付いていなかったようだ。

これを篠屋の綾が届けてきた理由が分からず、何かしら不審を覚えているようでもある。

綾はすぐその事情を説明し、その届け役が自分に回ってきたことを、

「ご縁があるのですね」

と当《あ》たり障《さわ》りなく言ってみた。

「ご縁か、そういえばそうかな」

　と相手は初めて綾の顔をまともに見て、相好を崩した。

　何かといえば、この女中が主人富五郎の秘密の用を言いつかり、汗を拭き拭きやって来るのである。それで警戒心が解けたらしく、

「いや、今しがた玄関先で出会ったと思うが、仮名垣魯文が来てね。先夜、篠屋で見た私の様子が変だと、あらぬことを言い出したんだ」

　と弁解するように言った。

「あの日は仕事が立て込んで疲れただけだ、と説明しても納得してくれない。そればかりか、お前の顔には死相が出ておるぞ、なんぞと脅しやがって。言われた者の身にもなれってもんで、この温厚な芳年もつい怒りだしたわけですよ。ははは……」

　怒った口調で説明するうち、笑いだした。

「勝手なこと言うなと反撃し、大げんかに相成ったわけだが、どうも大のオトナがねえ、ははは……お恥ずかしい限りです」

「でも大げんかになるなんて、魯文先生も、本気で心配されているんじゃありませんか」

「ああ、そりゃそうですよ、ああ見えて大変な人情家だからね。しかし、人情も過ぎ

ると迷惑というもの」

と少し首を傾げ、きっぱりと言う。

「今日も、三百坂《さんびゃくざか》の蘭方医を紹介するとか言いだした。すぐにも引っ張って行くつもりで来たんだと……。はっきり言って、余計なお世話だ」

「あ、小石川三百坂の先生ですか？」

綾は心当たりがあったので、思わず言った。

「失礼ですが、お名前は何と？」

「確か……テヅカ……とか何とか。名医だそうだが……」

「あ、手塚良仙《てづかりょうせん》先生？」

綾は叫んだ。

「あの先生は名医ですよ！」

「…………」

相手は急に陽が陰ったようになり、また気難しい顔に戻った。

（この方は、相手が名医であっては困るみたい。医者に怯えてる？　真実を正視するのが怖いのね？）

あれこれ思うと、猛烈に腹が立った。門弟も、あれには振り回されているのではないだろうか。魯文までが心配して解決策を講じようとやって来たのに、応じようとしないのだ。

何があったか知らないが、その態度は子どもじみていた。

「良仙先生は、私たちもよく存じ上げております。少し前になりますけど、大変なことがあったんですよ」

あれはもう二年近く前のこと……。

篠屋の船着場に流れ着いた不審な船に、船頭が瀕死で倒れていたことがある。

たまたま柳橋で呑んでいた良仙が呼び出されて、コレラと診断した。そして疫病が大流行とならぬよう、防疫の先頭に立って獅子奮迅《ししふんじん》の働きを見せたのである。

緒方洪庵《おがたこうあん》の蘭方医養成塾『適塾《てきじゅく》』で、西洋医学を学んだ。

その時の塾頭・福沢諭吉が厳しい人で、酒と放蕩が大好きな良仙は、よくしごかれたというのが一つ話だった。

今は新政府の軍医となり、伝通院《でんづういん》に近い小石川で、診療所を開いている。見かけはいささか頼りなく感じられるが、侠気も腕も人一倍だった。

まさに火種の中にいた篠屋界隈の人々は、その凄腕には文句なく太鼓判を捺《お》すだろう。そのことを説明しようと、綾が口を開きかけると、

「ああ、綾さん、これからまた来客があるんで……」

と芳年は落ち着かなげに奥を窺い、腰を浮かした。

「今日は雨の中、遠方まで恐縮でした。お琴さんにはこちらから礼を言うけど、篠屋《おかみ》さんには、いずれ埋め合わせると伝えてください。そのうちあの仮名垣先生と、呑みに行きますから」

相手につられて、やむなく綾も立ち上がった。

七

「やあ、やっぱり篠屋の綾さんだね……」

綾は五日後、診察が一段落するころあいを見て、小石川の良仙の診療所を訪ねたのである。三百坂の先生はこざっぱりした作務衣姿で、笑顔を浮かべて綾を迎えてくれた。

「久しぶりだのう。世の中、御一新ですっかり様変わりしちまって、このところ柳橋も遠くなったよ」

「でも世の中は変わっても、先生はお変わりないみたいですね」

と綾がやんわり言うと、照れ笑いをし、

「いやいや、トシですよ。物忘れがひどくなった」

だがまだ四十二、三のはず。記憶が飛ぶのは年のせいではなく、酒精のせいだろう
と綾は言いたかった。

「で、今日はまた何ごとですかな？」

一通りの挨拶が終わると、綾の後ろに隠れるようについてきたお琴に、興味ありげな視線を向ける。

（さすが美人には目ざとい）

と綾は内心思うが、微笑して一礼した。

「いえ、申し訳ございません。実は今日は診察ではなくて、ちょっとご相談したいことがございましてね」

「おお、相談ごとか。込み入った話なら、場所を変えてもいいがな」

「いえ、今日はお話を聞いていただくだけですから。というのもこの方は患者でなく、お琴という清元の師匠なんです」

とそばに控えているお琴を紹介した。

綾はあの日、芳年の新居を訪ね、忘れ物を渡して篠屋に帰り、驚いた。

何と、まだお琴がいたのである。篠屋が暇だったので引き止められたこともあり、綾の帰りを待って、芳年がどんな反応をしたか、聞き出したかったらしい。

綾の報告を聞くと、お琴は思いがけないことを言いだした。

是非その三百坂の先生に会いに行きたいから、診療所の場所を教えてほしいと。お簾と綾は、顔を見合わせた。

会うこと自体は賛成だが、お琴一人では行かせられないし、何よりあの先生は、頭の方の専門ではないのだ。

だがそう説明しても、お琴は狐が憑《つ》いたような顔になって譲らない。

そこで三人はいろいろ話し合い、ダメモト覚悟で相談してみることになり、綾が付き添うことになった。日取りは、店が暇な五日後の今日とし、舟と駕籠を乗り継いで来たのである。

「実は〝患者〟さんは、このお琴さんの知り合いでございまして。ええ、あの有名な月岡芳年師匠なんです。その人の症状を、お琴さんが是非とも先生に聞いていただきたいと……」

ということでお琴に代わり、おかしいと思う症状を、つぶさに語ったのである。

「う―ん、血みどろ絵はわしも嫌いじゃないがな……」

じっと聞いていた良仙は、しばらく考え込んでいたが、のっけからいとも頼りない弱音を吐いた。

「そいつはわしの手に負えんねえ。体の傷なら何とでもするが、話を聞いた限りじゃ、師匠の症状はどうやら心の病だ。であるからして、わしの専門外なんだよ」

「心の病って？」

あまりに頼りないので、綾はがっかりして訊く。

「まあ、いま流行りの〝神経衰弱〟ってやつかね。西洋の医学書にはいろいろ書いてあるよ。まあ、素人のわしの見立てじゃ、芳年師匠には何か大変な心の傷があるのかもしれん。それが何かのきっかけで、う―ん、たぶん残酷な上野戦争を見た衝撃ってやつかな、刺激が強すぎたんだ。それで表に出てきたというような……」

「それ、何か治療法はないのですか？」

「そりゃ、今の日本じゃ無理ってもんだ。そもそも、外科的な手術で切り取れる問題じゃないんだから。これを治す名医はどこかにおるやもしれんが、はっきりしてるのは、それはわしじゃない」

「でも、その原因となっている心の傷は、探り出すことが出来るんじゃないですか？

例えば本人から聴き出すとか……」

　それまで黙って聞いていたお琴が、突然口を挟んだ。良仙はちょっとびっくりしたように、お琴の怒ったような顔を見た。

「おお、仰る通りですよ。しかしお言葉ですがな。たぶんそれは、師匠ご本人にも分かっておらんだろうね」

「でもとても怯えておられます」

「分らんからでしょう」

　やっぱり、どうにもならないことはどうにもならないのか。

　白けた空気が流れた。それを感じたものか、

「ただ……」

　と良仙は、少し気を持たすような言い方をした。

　せっかく遠路はるばる訪ねてきたのに、手ぶらで帰していいものか。そんなこの人らしい義侠心めいたものが、そう言わせたのだろう。

「さっきの話を聞いて、ちょっと気になったことがないでもない。師匠が発作を起こす前、何かを見たと言ったことです。あれは、格子柄の手拭い……でしたかな？」

「はい、三筋格子です」

「そう、それだ、それが何かの手掛かりにならんものかと……」

と珍しく厳しい顔になって、じっと考え込んでいる。ややあって、弟子が急ぎ足でやって来て、急患が入ったと告げた。

綾はお琴と顔を見合わせて頷いた。

「あの、先生、私たちそろそろ失礼させていただきます。貴重な時間を有難うございました。今は浮かばなくても、またそのうち妙案が……」

「あいや、手は一つある」

その言葉に、立ち上がりかけた綾は腰をおろした。

「なに、妙案という自信はないがね。今、お琴さんが言った通り、直接わしが師匠に目通りすることだ」

良仙は腕を組み、眉間に皺を寄せて、縁側の先の庭を眺めた。

「診察なんてもんじゃないが、話してみる価値はある。こちらで用意する幾つかの質問を、師匠にぶつけてみてはどうか。運が良けりゃ、そのやりとりから、手がかりを摑めるかもしれん」

するとお琴が、曖昧に頷いた。

「ただ師匠を動かすのは、大きな石を持ち上げるみたいでなかなか……」

「そう、そこだよ、石は持ち上げるもんじゃなく転がすもんだ」

言って、良仙は立ち上がった。

(ああ、やっと先生は前向きになってくれた)

と綾は安心して愁眉を開いた。この先生が本領を発揮するのはこれからだ。そんな思いで、お琴を見やり言葉を促した。

誘われるようにお琴は大きな目をみはり、きっぱり言った。

「はい、必ず連れて参ります。それと、先に申しておきますが、これにかかるお代は、すべて私に回してくださいね」

「うむ、そうこなくちゃ江戸っ子じゃねえ。いや、無理にここまでお連れくださらんでもいい。わしの方から出向いて行きますぞ」

八

その日、篠屋は朝から異様な空気に包まれていた。

女中たちが蔵と奥座敷の間をせわしなく往復し、模様替えをしているのである。

座敷の畳の上には敷物が敷かれた。

その上にはずいぶん前、富五郎が買い込んで蔵に仕舞い込まれたままだった、古く贅沢な安楽椅子が二脚、向かい合って置かれた。

「これからは外国人がお客に来る時代だ。いつまでも畳と座布団じゃ商売にならんぞ」

という皮算用だったらしいが、いまだにそれは使われていない。

すっかり洋ふうに模様替えしたこの奥座敷が、今日は手塚診療所の臨時出張所となり、月岡芳年の〝診療〟が行われるのである。

「今度の診療は、いささかこれまでとは趣が違うので、堅苦しい診療所は避け、患者が寛《くつろ》いで会話出来るような場所にしたい。近場で、静かで、小体《こてい》な座敷をご用意いただきたい」

と良仙から、強い要望が出されたのである。

そこで綾は、お簾と富五郎に相談を持ちかけた結果、今はあまり使われない奥座敷を提供しよう、ということになった。

洋ふうに模様替えしようという案は、綾とお簾の合作である。

「外国にいるような雰囲気がいいんじゃないですか」

と綾が自分の考えを言うと、お簾が手を打った。

「ちょうどいい家具が、蔵に押し込まれてるわ！　目の玉が飛び出そうに高い、アンティックとかいう西洋椅子と敷物なんだけど」

　すると富五郎がたしなめた。

「馬鹿、あんなカビのはえたガラクタを持ち出してどうする。天下の名医が、浮世絵の巨匠を診察するんだぞ」

「え？　あれ、ガラクタだったんですか？」

　とお簾が頓狂な声をあげた。

「確か、払ったのは十五両はくだらなかったと思うけど……」

　これで座が紛糾した。

　富五郎はもしかして原価の安い物を高く吹っ掛けられていたか？　あるいは初めから安い物を買い、おかみには高額と吹聴して金をせしめたか……等々、あれこれ言い合いの挙句、結局使っていいということになったのだ。

　さて部屋は整ったが、芳年は果たして来るのだろうか。

「必ず連れて参ります」

　と宣言した以上、すべてお琴の肩にかかっている。

　良仙からの要望を伝え、都合のいい日にちを問い合わせると、この日がいいと伝えてきた。

しかし、人を食ったようなあの気難しい絵師が、お琴の言うことに、素直に従うとはとても思えない。何も信じない性質《たち》なのか、医者嫌いでもあったのだ。

一同はハラハラと気を揉んで待っていた。

そして約束の七つ半（夕方五時）。時間通りに芳年は、お琴の後に従って篠屋に姿を現わしたのである。

渋い唐桟留《とうざんとめ》の着流しに、献上博多《けんじょうはかた》の帯を貝の口に締めて、粋で気軽な様子だった。

玄関で出迎えた綾は、芳年の表情が意外にサバサバしているところから、どう説得されたかは知らないが、それなりに腹を決めて来たのだろうと読み取った。

お琴と目が合うと、大丈夫……と頷いたようだ。

「このたびは色々お世話になります」

と芳年は、続いて迎えに出たお簾と綾に、丁寧に挨拶もした。

診察前に、医師と患者は顔を合わせないことにしてあるので、二人を控えの間に案内してから、二階の良仙に患者の到着を伝えた。

「ああ、見えたかね、それは良かった。様子はどう？」

「落ち着いておられます」

「結構、じゃ、あとは段取り通りに……」

そんなやり取りの後、綾は奥座敷へ案内した。

綾に案内されて座敷に足を踏み入れた芳年は、その異様な雰囲気に一瞬戸惑った。にわか作りの洋ふう〝診察室〟には、西洋椅子が二脚向かい合って置かれただけで、あとは何も置かれていない。

夕闇がもうすぐ漂う時間だったが、室内の明かりはかなり抑えられていて、綾の顔がぼんやり見える程度。外国製らしい香が焚かれていて、室内には甘い香りが漂っている。

普通の診察ではないと聞いていたが、まさかこんな官能的なしつらえの中で医療行為が行われるなど、予想だにしなかった。

「ここにお座りください」

と指示され、身を委ねると、ゆったりした快適な座り心地である。

「今、先生が参りますので、このまま少しお待ちください」

綾が出て行くと、周りは静かで、物音一つしない。どこか遠い所に連れて来られたような気がした。

（はて、どうしたことだろう）

と訝しんだが、不安はない。

綾はなかなか戻ってこず、目を瞑っていると全身の緊張がほぐれてか、ついトロトロと眠りそうになる。

芳年としては、お琴が煩《うるさ》いので、その顔を立てただけなのだ。

「医者なんかにかかってどうする。こちらは別段治りたくもねえのに、無理矢理連れ出して、どうする気かよ。今後うんと稼がせるつもりかい？」

などと悪態をついてお琴を怒らせようとしたが、相手は怒りもせずに言った。

「今後も付き合ってくれなんて、言っちゃいないよ。あたしはね、あんたがバカにされるのが嫌なんだ。世間で何と言ってるか、知ってる？　あの血みどろ絵師は、とうとう悪霊に憑かれたと。そんなお方とこれ以上付き合うなんて、あたしゃ金輪際ゴメンだね」

これには参った。

（この芳年が悪霊憑きだと？）

世間の噂とは本当だろうか。おそらくこの女の作り話に違いない。

お琴と別れるのは別にどうでもない。ただこの女との逢瀬《おうせ》がもうなくなると思うと、どこか不安になってくる。

それに手塚良仙の名前は、聞いたことがある。

名医だというが、外科医に人の心が分かるかどうか。まあ、一度会って、御託宣を聞いてみるのも悪くないか。

そんなこんなで、しぶしぶ出てきたのである。

いい香りに酔って、少しまどろんだようだった。

「お待たせしました。私が医師の手塚です」

という男の声を傍に聞いて、飛び起きようとした。

「あ、そのままそのまま……。椅子にゆったり全身を委ねて、楽な気分で聞いてください上」

近くにいるはずなのに、遠くから響いてくるような、柔らかい不思議な声だった。

「この診察は痛くも苦しくもないし、危険は一切ありませんぞ。これから私がいくつか質問しますから、頭に浮かんだことを、そのまま素直に答えてくれるだけでいい。何か訊きたいことはありますか？」

「いや……」

こんなことが何かの治療になるのか、と問いたかったが、それはどうでもいい。今や自分は俎板《まないた》の鯉なのだから。

「では始めましょう。静かに目を閉じて、大きく深呼吸をしてください。……はい、ゆっくりともう一度……。いいですか、では次に、一から十まで、ゆっくりと数を数えましょう。はい、ゆーっくりと、いち、にい、さん……。ゆーっくりとね。もし眠くなったら、そのまま寝てしまっていいですよ。はい、よっつ、いつつ……。そういえばあなたは、新橋の生まれでしたね」

「はい……」

「子どものころは、優しい母上に守られて、幸せでしたね。幼いころの名は米次郎《よねじろう》、かかやんちゃな子でしたね……。優しいお母さんを、坊やは何と呼んでいましたか、かか様？　母上？　ああ、おっかさんね。はい、むっつ、ななーつ……」

幾つまで数えたか、先の方は覚えがない。

遠くから響いてくる不思議な声に導かれ、いつしか深くて昏《くら》い、記憶の森に踏み入っていた。

九

「米次郎、米次郎……」

と誰かがしきりに、自分の名前を呼ぶ声がする。

場所は新橋丸屋《まるや》町、御家人だった父・吉岡兵部《よしおかひょうぶ》の屋敷である。

ああ、ここは自分が生まれた家だ。

優しい母がいて、夢のように幸せな日々だった。やんちゃで、いたずらっ子で……

でも何一つ咎めない母だった。

あっ、ああ、おっかさんがいない。いつだろう、いつだったろう。おっかさんおっかさん……目の前が急に暗くなった。

「米次郎、米次郎……」

と呼ぶ声は、おっかさんの声じゃない。

流行り病で死んだと、後になって聞かされたが、そんなことがあるはずないと信じなかった。

どこか遠くへ旅立ったのだ。

この声は、おっかさんが消えてから家に入ってきた、妾上がりの継母の猫撫で声だ。名前なんぞ覚えちゃいない。

眉の細く美しい色白な女だったが、懐こうとしない子をよく折檻《せっかん》した。

父の見ていない所に引きずって行き、頬を指爪で血の滲むほど引っ掻いたり、耳を思い切り引っ張ったり、唇をぎゅっと捻り上げたり。頭を柱に打ち付けたこともある。

呼ばれたって、誰が行くもんか。

あの人はおっかさんの偽物だ。

母と呼ばれたけりゃ、呼んでやろう。オニハハ（鬼母）だ。わーい、わーい。

米次郎は声から逃げた。

ここは丸屋町の家の庭で、雨が降っている。

広い庭の植え込みの奥に、大きな池があった。かなり深いし蛇も出没するから、子どもは近寄ってはならない、と父から厳命されていた。

だが、なーに、構うもんか。

蛇よりオニハハの方が怖いや。

子どもは、オニハハの目を逃れて、池のそばの植え込みの陰に身を隠した。いや、隠そうとした時、雨で水べりの土が緩んでいたのだろう、ズルッと足を取られた。

もがけばもがくほど、足の届かぬ深さまで、小さな体がどんどん嵌まって行きそうだ。体はもう胸の上まで水中に沈んでいる。

恐怖のあまり大声を上げた。

その声を聞きつけて、駆けてくる足音がした。

「助けて！」

と叫ぼうとした時、走ってくる女の姿が見えた。

（オニハハだ！）

女は池の縁まで辿り着くと、しゃがんで手を差し伸べてきた。

子どもはその手を摑まない。

（摑んだら殺される！）

「米次郎、米次郎……」

水は首まで達している。女は何か叫んで手を伸ばしたが……、坊やは恐れて摑まない。だが、とうとう溺れる坊やの右腕をしっかり摑んだ。

無我夢中でその腕にすがりついた時、オニハハの着物の柄が目の前に大きく迫った。

三筋格子だった。

自分は殺されるんだ。そう思い、その柄を目に刻んだまま、真っ暗な世界に沈み込んで行った……。

「はい、結構です」

どこかからそんな太い声がした。

（ここはどこだ……？）

うっすらと眼を開くと、そこはあの座敷の安楽椅子で、自分はその真ん中に深々と埋もれていた。

前より明るくなった目前に、男と女が立って見下《お》ろしている。

手塚良仙と綾だった。

（そうだった、自分はここで治療を受けていたんだっけ）

顔中に汗が噴き出していて、心地が悪い。恐怖のあまりの冷や汗だったのか。

「綾さん、師匠の汗を拭いてあげなさい」

綾は、良仙の差し出した下ろしたての手拭いで、丁寧に芳年の額の汗をぬぐっていく。

「あ……」

三筋格子と言おうとして、絶句した。

怖くない！　あの発作が起こらない！　それは平凡な、どこででも目にする着物の柄に過ぎなかった。

身を起こそうとすると、医者が止めた。

「ああ、そのままでお聞きなさい」

と良仙は、静かに言った。

「今日はね、師匠をちょっと遠い記憶の世界にお呼びしたんですよ。催眠状態といいますが、まあ、軽い夢のようなもんですか。夢の中で、私の、質問の声が聞こえましたかな？」

そんなことはなかったと、大きく首を振る。

「しかし〝その女は誰ですか〟と訊くと、オニハハ……と呻きながら答えてくれましたよ。オニハハに殺されるとも……。耳にはちゃんと届いていて、ご自分の言葉で答えを語ってくれた。それが今日の治療ですわ」

「……そ、それだけですか？」

「そう、それだけのことですな。心の底に封じ込めていた嫌な記憶を、自ら語ることで解放する。これを医学用語で、〝除反応《カタルシス》〟というんですがね。これを行うことで、今まで体に出ていた異常反応（ヒステリー症状）は消えるのです。三筋格子は師匠の中で、〝殺される〟という恐怖の、暗号みたいもんだった……。しかしご安心なされ。もう大丈夫です」

「…………」

芳年は目を大きく見開き、闇の溜まった天井をじっと見上げていた。

苦しかった夢の名残りを、思い返しているのだった。やがてその眦《まなじり》に、微かな涙が溢れた。

「有難うございました」

やっと夢から醒めたように、ゆっくり身を起こすや、そこに立つ作務衣姿の良仙に深々と頭を下げた。

「いや、先生、何だかまだ信じられませんが、得難い体験をさせていただきました」

「実はわしも驚いておるんだよ」

「本来なら、ここでお礼に一献差し上げたいところですが、すぐにも報告しなければならん相手がおりましてね。一人は仮名垣魯文という男ですが……。もう一人は、あちらで待っているお琴です。先生、今日のところは失礼させていただき、改めて一献やらせてください」

頷きあった三人の目は一瞬、綾の手にした三筋格子の手拭いに向けられた。

この格子縞の着物を着ていたオニハハは、継子を助けてその後どうなったのか、芳年の記憶にない。

ただ吉岡家はこれがきっかけで破綻し、米次郎は月岡家に養子に出されたのである。

「先生は専門外と仰ったけど、あの治療は大変なものでしたね！」

芳年とお琴が引き揚げると、お簾は良仙を帳場に招いて酒を振る舞った。そこへ顛末を聞いた店の連中が、妖《あや》かし話を聞きたがって周囲に集まってきている。

「あれが西洋医学による、心の治療なんですね」

まず綾がそう持ちかけた。

「いやなに、魔術みたいもんさ。わし何もしておらんのだ」

と良仙は旨そうに盃を口にしながら、淡々と言った。

「実は若いころ、大坂の『適塾』で教わった西洋の医学書が、まだ書斎にあったんでな。ひっくり返して、読み漁ってみた。似たような症状が見つかったから、書かれてあった通りにやってみただけよ、ははは……。まさかここまで効くとは思わなかったよ。これではとてもお代は頂けん」

と言い、おかみがお琴から預かっていた金子を受け取らなかった。

「いや、わしにはこの旨い酒で十分。今日のことは、後学のための材料とさせていただくよ」

だが綾は秘かに思ったのである。

西洋医学でこの一件は解決したけど、遠い昔の亡霊が、今になって芳年を悩ませるなんて、これはやはり妖かしではないかしらと。

――参考資料

本書は左記の作品を参考にさせていただきました。

『雲井龍雄』高島真（歴史春秋社）
『月岡芳年伝』菅原真弓（中央公論美術出版）
『月岡芳年／魁題百撰相』（二玄社）
『ある英人医師の幕末維新』ヒュー・コータッツイ（中央公論社）

時代小説
二見時代小説文庫

満天《まんてん》の星《ほし》　柳橋《やなぎばし》ものがたり9

二〇二二年十一月二十五日　初版発行

著者　森《もり》　真沙子《まさこ》

発行所　株式会社　二見書房
〒一〇一-八四〇五
東京都千代田区神田三崎町二-一八-一一
電話　〇三-三五一五-二三一一［営業］
〇三-三五一五-二三一三［編集］
振替　〇〇一七〇-四-二六三九

印刷　株式会社　堀内印刷所
製本　株式会社　村上製本所

落丁・乱丁本はお取り替えいたします。定価は、カバーに表示してあります。

ISBN978-4-576-22164-9
https://www.futami.co.jp/

森 真沙子

柳橋ものがたり

シリーズ

以下続刊

訳あって武家の娘・綾《あや》は、江戸一番の花街の船宿『篠屋《しのや》』の住み込み女中に。ある日、『篠屋』の勝手口から端正な侍が追われて飛び込んで来る。予約客の寺侍・梶原だ。女将のお簾は梶原を二階に急がせ、まだ目見え（試用）の綾に同衾《どうきん》を装う芝居をさせて梶原を助ける。その後、綾は床で丸くなって考えていた。この船宿は断ろうと。だが……。

倉阪鬼一郎

小料理のどか屋人情帖

シリーズ

以下続刊

剣を包丁に持ち替えた市井の料理人・時吉。
のどか屋の小料理が人々の心をほっこり温める。

① 人生の一椀
② 倖せの一膳
③ 結び豆腐
④ 手毬寿司
⑤ 雪花菜飯《きらずめし》
⑥ 面影汁
⑦ 命のたれ
⑧ 夢のれん
⑨ 味の船
⑩ 希望粥《のぞみがゆ》
⑪ 心あかり
⑫ 江戸は負けず
⑬ ほっこり宿
⑭ 江戸前 祝い膳

⑮ ここで生きる
⑯ 天保つむぎ糸
⑰ ほまれの指
⑱ 走れ、千吉
⑲ 京なさけ
⑳ きずな酒
㉑ あっぱれ街道
㉒ 江戸ねこ日和
㉓ 兄さんの味
㉔ 風は西から
㉕ 千吉の初恋
㉖ 親子の十手
㉗ 十五の花板《はないた》
㉘ 風の二代目

㉙ 若おかみの夏
㉚ 新春新婚《にいめとり》
㉛ 江戸早指南《はやしなん》
㉜ 幸《さち》くらべ
㉝ 三代目誕生
㉞ 料理春秋
㉟ 潮来《いたこ》舟唄
㊱ 祝《いわ》い雛《びな》

二見時代小説文庫